小説

真景《しんけい》累ケ淵《かさねがふち》

著◉奥山景布子
監修◉古今亭菊之丞

二見書房

小説

真景累ヶ淵

奥山景布子

目次

装画◉松浦シオリ
装幀◉岡本歌織（next door design）

序　惣吉《そうきち》

文化《ぶんか》三（一八〇六）年八月十七日――。

十六歳になった惣吉は、下総国《しもうさのくに》の報恩寺《ほうおんじ》で一人の男を待っていた。

「よう、惣吉さん。立派になられましたなぁ」

太く豊かな声。夕暮れ近い境内に、大きな影法師を連れて、男は現れた。

「親方、よく来てくださった」

惣吉が待っていたのは、江戸の相撲取り、花車重吉《はなぐるまじゅうきち》だった。今は自分が土俵に上がることは滅多になく、多くの弟子を育てている。

「やあ、こんなものをお寺に納めてくださるとは。面《おも》はゆうござるなぁ」

「いいえ。こたび、若輩の身ながら私、亡き兄惣次郎《そうじろう》の跡を正式に継いで、羽生村《はにゅうむら》の名主役をつとめることになりました。ついては、これまでのことを忘れないようにと」

二人のまなざしの先にあるのは子どもの頭ほどもある石で、〝花車石〟と彫りつけてある。

四年前、花車が大きな手でむんずとつかみ、敵《かたき》目がけて投げつけた石だ。

「ここにこうしていられるのは、親方はじめ、みなさんのおかげです。親方がいなかったら四年前、兄夫婦の仇《あだ》を討つなんて、まだほんの子どもだった私にできたはずありません」

「いやぁ。わしはともかく、惣次郎さんにはずいぶん贔屓《ひいき》にしてもらったから。もう亡くなってから八年にもなるんですなあ」

今からちょうど八年前の八月十七日に、兄惣次郎は命を落とした。卑劣な企《たくら》みに嵌《は》められたのだ。寛政《かんせい》十一（一七九九）年のことである。

「わしがお近くにいながらお助けもできず、みすみすお命を落とさせてしまったことは、本当に無念でならんです。今でも夢に見ることがあります」

花車が空を仰いだ。

「兄もさぞ無念だったでしょう。でも、親方がいなさらなかったら、やつらの企みを暴くことさえ、できなかったのですから。そうしたら、仇討ちどころか、今頃私はどうなっていたか」

惣吉は、四年前、兄の仇、安田《やすだ》一角《いっかく》を討ち取った時のことを思い出していた。

自ら剣客を名乗り、門弟も従える侍でありながら、一角は種子島《たねがしま》の短銃《たんづつ》を携えて惣吉と花車の前に姿を見せた。

――最後まで、卑怯《ひきょう》なやつだった。

兄と同じように、剣で立ち会うこともできずに命を奪われるのか、無念な――そう覚悟した惣吉の前に、花車は杉の丸太をぶんまわして、敢然と立ちはだかってくれた。

「侍のくせに、飛び道具を持つとは卑怯だ」――絶体絶命を覚悟したあの折に響いた、花車の大音声を、惣吉は一生、忘れることはないだろう。

　空にこだました花車の声に、まるで天が感応したかのように、雲が湧き雨が降り出し、短銃の火縄を濡《ぬ》らし――惣吉がようやく兄の仇を討てたのは、その時だった。

「しかし、その後のお調べも大変でしたなぁ」

「本当に、ご迷惑をかけました」

「いやいや、惣吉さんのせいじゃありませんよ」

　惣吉が一角を倒したのは紛れもなく仇討ちで、決して間違いではなかった。ただ、それに関わった人々の因果が、驚くほど時を長く遡《さかのぼ》って入り組み、複雑に絡み合っていたため、取り調べと吟味には、思いがけず長い時が必要だった。

「私もこれからは、名主として人の上に立つことになります。うっかり人の恨みを買ったり、行く手を妨げたりしないように、この一件を忘れずにいようと思って。それでこうして、この石をお寺に納めることにしました」

「そうですなあ。わしも、今は大勢の若い者を面倒見とります。ぜひ、そうさせていただきますよ。……惣次郎さん、大旦那さま、お袋さま、お隅《すみ》さん。どうぞ、惣吉さんとわしを、彼岸から見守っていておくんなせぇ」

一　豊志賀《とよしが》

安永《あんえい》二（一七七三）年十二月二十日——。

お志賀は父の呼ぶ声に慌てて立ち上がった。

「お志賀《しが》、お園《その》」

「あら、お父《と》っさん、これからお出かけですか」

いつ霙《みぞれ》交じりの雪でも降り出すかというような曇り空で、家の中にいてもじわりと身に染むような寒い日である。

「何軒か、回ってこようと思うよ。もう押し詰まっているからね」

父の皆川《みながわ》宗悦《そうえつ》は鍼医《はりい》を生業《なりわい》とする傍ら、金貸しも営んでいる。

「お父っさん、今日は寒いから、明日にしたらいかが」

「いやいや、そうもいかないよ。小日向《こひなた》や牛込《うしごめ》のお歴々《れきれき》は、もうずいぶん滞っているんだ。踏み倒されては困る」

「でも、何もこんな暗い日に行かなくても」

姉妹は代わる代わる言ったが、宗悦は頭を振った。

「明るい暗いは、わしにはかかわりないからね。目の見えるお方たちはご不自由なものだ。さ、支度をしておくれ」

かような折の父は、止めても聞かない。お志賀とお園は、綿をしっかり詰めた半纏《はんてん》と頭巾《ずきん》を出してやり、父の背に蛇の目傘を紐《ひも》で斜めがけに結わえ付けた。

「じゃあ、お気を付けて」

「早く帰ってね。遅くなると心配だから」

「なに、気遣いは無用だ。土産を買ってくるよ」

ガラガラと下駄の音が遠ざかっていく。

——大丈夫かしら。

ゆるめの鼻緒が好みの父は、いつも下駄をガラガラ言わせている。いつもと変わらぬ後ろ姿なのに、お志賀はなんとなくいつもより心配だった。

——お父っさん。早く帰ってきてね。

お志賀は今年十九、妹のお園は十七になる。

四年前に母が病で亡くなって、姉妹は目の見えない父と三人、この根津《ねづ》の七間町《しちけんちょう》で身を寄せ合うように暮らしている。

とはいえ、ありがたいことに、暮らし向きはどちらかと言えば豊かな方だといえよう。目の見えない者には、お上が音曲《おんぎょく》や鍼灸《しんきゅう》、按摩《あんま》などで生計を立てるよう奨励するのみならず、金貸しについてもお許しをくださっていたから、わがまま贅沢《ぜいたく》を言わなければお金に困るようなことはなかった。

それどころか、父はお志賀の望みをずいぶん聞き入れてくれている。

母がいなくても、家の中のことや隣近所との付き合いがそれなりに回っていき、また目の見えない父の身のまわりを整えてやることもできるのは、母が生きていた頃に、行儀作法、炊事や洗濯、裁縫など、いわゆる女一通りと言われることを娘たちにきちんと仕込んでおいてくれたおかげである。

「お志賀が婿《むこ》を取ってくれたら、お園は良い所へ嫁に」――娘たちをしつけながら、母はよくそんなふうに言っていたが、お志賀の本音は別のところにあった。

「ねえお父っさん、あたしどうしても婿を取らないといけない？」

母の三回忌が過ぎた頃、お志賀は父にそう切り出した。

「なんだ、嫁に行きたいのか」

「ううん、ちがう、その反対よ。独り身のまま、お父っさんとずっといっしょにいちゃいけないの？」

そう言うと、父は見えない目と目の間にちょっと皺《しわ》を寄せた。

「独り身のままで、どうするんだ」

「ここで、お父っさんと暮らしながら、音曲で身が立ったらいいなと思って」

「音曲で身が立ったらって……。富本《とみもと》の稽古屋でもやろうっていうつもりかい」

昨今、少しでもゆとりのある家の娘なら、たいてい踊りだの三味線だの何かは習っている。それぞれの希望で、お志賀は富本の浄瑠璃《じょうるり》を、お園は藤間《ふじま》流《りゅう》の踊りを習っていた。

お園の踊りが腕前もやる気も「ほどほど」なのに対して、お志賀の富本はごくごく本気で、師匠からの覚えもめでたい。お志賀としては、耳の良い父の血を自分の方がより濃く受け継いでいるのではと心底密《ひそ》かに自慢に思うところもあった。

「ね？　いいでしょう」

父ははっきりと返事はしなかったものの、顔色を見る限りでは「まんざらでもない」様子だったので、お志賀はすっかりその気になっている。

――だって、男の人、いやだもの。

お志賀の師匠、豊志津《とよしづ》は女で、おそらくそろそろ四十路も越えようかという人だが、独り身である。芸はもちろん、歳をまるで感じさせぬ器量の良さに加えて気《き》っ風《ぷ》も良いので、豊志津の稽古屋は人気で、弟子もよく集まる。あわよくば我がものにという下心を持つ不埒《ふらち》な男の弟子も多いようだが、豊志津はそうした男のあしらい方も見事で、まるっきり、歯牙にもかけない。

――あたしも、お師匠さんみたいに生きたい。

そう思うと、稽古にはいっそう熱が入る。

豊志津ことお志津は、そんなお志賀をかわいく思ってくれるようで、近頃ではよく、「あたしのあとはぜひ、お志賀ちゃんに取ってもらいたいわ。名前も似ているし、気性も良いし」と言ってくれる。

――次は何を教えてもらえるかしら。

やっぱり、一度はちゃんと〈長生《ちょうせい》〉を全部やってみたい。

富本は、浄瑠璃のうちでは新しい、今勢いのある一派だ。豊後節《ぶんごぶし》から分かれた常磐津節《ときわづぶし》で名の知られた常磐津小文字太夫《ときわづこもじたゆう》という方が、さらに独立して自分の一派を立て、名前も富本豊志《とみもととよし》太夫《だゆう》と改めたのが、今からだいたい二十五年前。今のお家元は二代目である。

〈長生〉はきちんと言うと〈年朝 嘉例 寿《としのあしたかれいのことぶき》〉。常磐津から分かれた時、当時の松江《まつえ》のお殿さまから詞章を賜って曲を付けたという、由緒あるものだ。

〽長生の家こそ老いせぬ門の若々と　若水汲《く》みの朝わかき……

聞き覚えた一節をふと口ずさむ。

本当は三味線を弾きたいところだが、そろそろ夕餉《ゆうげ》の支度にかかった方が良さそうだ。父が戻ってきたら、すぐに温かいものを食べてもらいたい。

……しじみぃ〜、え〜、しじみよぉ。

蜆《しじみ》を振り売りする声が路地を通りかかるのが聞こえた。

「姉さん。蜆売りが来たわ。御味御汁《おつけ》の実にどうかしら」

「良いわね。買っておきましょう。でも聞き慣れない声ね」

界隈《かいわい》を通る物売りの声なら、たいていは聞き覚えているはずだが、どうやらはじめての売り子だろうか。

「蜆、いただくわ。こっちへ入ってちょうだいな」

「へえい。ありがとうさんで」

土間から路地へ向かって声をかけると威勢の良い声がした。

「あら、ずいぶん」

天秤《てんびん》を担いで入って来たのは、まだ十歳《とお》ばかりと見ゆる男の子だった。

「坊、えらいわね。まだお小さいのに」

「へへぇ。そう思うなら、たくさん買っておくんなさい」

「いいわ、じゃあ」

姉妹は蜆を多めに買って、塩水を入れた桶《おけ》に放った。

「お父っさんが帰ってきたら、これで暖まってもらいましょうね」

「ええ。でも姉さん、お父さん、だいじょうぶかしら。あたし、なんだか心配だわ」

「おまえも？　あたしも今日はなんだか」

「小日向か牛込かって言ってたでしょう。確か両方とも、お武家さんよね？」

お園に言われて、父が金を貸している先を思い出す。

「小日向は確か、深見《ふかみ》さまって、お旗本よね。牛込は、由兵衛《よへえ》さんは刀屋さんだけど、飯島《いいじま》さまっていう、やっぱりお旗本だったような」

〝借りる時の地蔵顔、返す時の閻魔《えんま》顔《がお》〟とはよく言ったものだ。みな借りるときは自らこっそりと根津までやってきて、父を神とも仏とも拝み倒して借りていくのに、返すとなると、掌《てのひら》を返すように顔も言葉も渋くなる。

それでも、商家の主人などは如才なく慇懃《いんぎん》に訪ねてきて、きちんと頭を下げていく人の方が多いからまだ良いが、お武家はタチが悪い。

返済の期日を守る人はめったになく、父は何度も何度も屋敷へと脚を運んで、ようやく返してもらえたのは利息だけ、などということも珍しくない。どうかすると門前払いをくらってしまうこともあるようで、「お上に訴えます」と脅しまがいの台詞まで使わないと払ってもらえないこともあるらしい。

「座頭金は官金だからね。訴えればこちらの勝ちだ。お武家は体面が何よりだから、訴えられては困るだろうし」

父のような目の見えぬ者の営む金貸しは、お上の許しがあっての生業なので、訴訟になれば立場が強い。武家相手でも怯《ひる》むことなく返済を迫る父の様子に、お志賀などはむしろ、先方が逆上して何か間違いでも起きたらと、かえって心配になってしまう。

——逆恨みでも買ってやしないかしら。

お園が行燈《あんどん》に火を入れた。ぼおっと点《とも》った灯《あか》りの下で二人、縫い物をしたり、絵双紙を見たりしているうち、とっぷりと日が暮れてしまった。

「どこかでお泊まりかねえ」

「そうねぇ」

鍼医の仕事で行った先なら、泊まってくることもなくはないが、金の取り立てで泊まりというのはどうだろう。

訝《いぶか》しみつつ、姉妹は自分たちの膳を簡単に済ませ、床を取った。

四つを知らせる遠寺の鐘が、いつもより少し、近く聞こえる。

——こういう聞こえ方をするときに雨……、いや今日なら雪だわ。

「どんどん、開けてくれ」がいつ聞こえても良いように、戸をすぐに開けられるように。そんなことばかり頭にあるので、寝付かれず、何度も寝返りを打つ。

——お父っさん。

ほんの少しうとうとしただけで、夜が明けた。外はうっすらと雪模様である。

「おまえ、うちにいておくれ。あたしは牛込と小日向、訪ねてみるから」

お園にそう言い置いて、お志賀はまず牛込へと向かった。

――冷たい。

足下が次第にぬかるんで、足袋《たび》を濡らす。つま先から冷えが総身に染みていく。

「すみません」

「あいよ、こんなに早くどなたかな……。おや、お志賀さんじゃないか」

刀屋の主人はお志賀とも顔見知りである。

「あの、昨日、父がこちらへ」

「ああ、来たよ。それがどうかしたかい」

「まだ帰らないのです。どうしたのかと」

「おやおや。それはいけないね」

「こちらをお暇《いとま》したのは、いつ頃だったでしょう」

「そうだね」

主人は腕組みをして首を傾《かし》げた。

「確か、七つ頃だったか。うちへ来る前に、飯島さまのところへ行ってきたと言っていたが」

「そのあと、どこへ行くとか、言っていませんでしたか」

「えーっと。そうそう、確か、深見さまっていうお旗本のところへ行くと。なかなか難儀なお宅だとこぼしていたが」

お志賀はそれを聞くと、刀屋の主人に礼を言って、大急ぎで小日向へ向かった。

——確かこのあたりだと。

武家屋敷には看板も表札もなく、その上いずれも同じような門構えで分かりにくい。

「あの……」

たまたま通りかかった中間《ちゅうげん》ふうの男に、思い切って声をかけてみる。

「なんだい」

「このあたりに深見さまというお旗本のお屋敷はありませんか」

「ああ、深見さまならそこの角だよ」

「ありがとうございます」

教えられた屋敷の前へ行ったが、門はぴったりと閉ざされて、まるで人の気配がない。

「申し。すみません。申し、申し」

何度も声を張り上げながら、門をひたすら叩《たた》き続けたが、中からは誰も出て来てくれなかった。お志賀があんまり長いことどんどんと叩き続けているので、時々通る人が胡散臭《うさんくさ》そうな目を向けてくる。

——仕方ない。一度家に帰ろう。

行き違いに帰っているかもしれない。それなら良い。きっとそうだ。

思い直し、根津まで帰ってくると、家の近くに人だかりがしていて、妙に騒がしい。

——なんだろう。

火事ではないようだ。どこかで病人でも出たのだろうか。

近づくうち、人だかりが取り巻いているのが自分の家だと分かって、お志賀の胸がどきんどきんと高鳴り始めた。

——まさか。

父に何かあったのだろうか。

誰かと突き当たって怪我でもしたか、それとも、急に病でも起きて、担ぎ込まれたのだろうか。

昨日からずっと風が冷たい。道の途中で倒れでもしていたら、一大事だろう。

——お父っさん。

どうか無事で。無事でいて。

急ごうとするが、気ばかり焦って脚はぬかるみに取られ、思うように進まない。

「姉さん！」

人だかりをかき分けるようにお園が飛び出してきた。顔が真っ青で、唇が震えている。

「お父っさんが、お父っさんが……」

それだけ言うと、お園はその場に泣き崩れた。

濡れた足袋が足にまとわりつくのがもどかしい。大急ぎで上がり框《かまち》に脱ぎ捨て、素足で上がっていくと、座敷に布団が敷いてある。

「お父っさん！」

紫色になった頬に手を当てると、既に冷たくなっている。

――これは。これはいったい。

取り乱すお志賀に、顔見知りの岡っ引きが話しかけてきた。

「お志賀さん。さっきお園さんにも聞いたんだが、この仏さまは、宗悦さんにまちがいないね」

すっかり面相が変わっているものの、どう見ても父だった。

「どうして……」

「そいつはまだ調べてみねぇと分からねぇが」

岡っ引きは気の毒そうに父の肩のあたりを指差した。

「ここをざっくり、一撃でやられてる。相当深ぇ刀傷、かなりの腕前じゃねえとこうはならないだろうから、やったのはきっとリャンコだろうな」

岡っ引きが胸のあたりで一瞬、指を二本立てて見せた。

両個《りゃんこ》――二本差し、武士ということか。

「殺されたあと、葛籠《つづら》に入れられて棄《す》てられたってことだと思うんだが……」

「棄てられた？」

「ああ、たぶんな。それにしても不思議なもんだ」

岡っ引きが話してくれたところによると、父が入れられていた葛籠は、どうやらはじめは秋《あき》葉原《ばのはら》に置かれていたらしい。それが、何か大事なお宝でも入った落とし物と誤解されて、幾人かの不埒者《ふらちもの》に横領されそうになっていたのだそうだ。

「まったくとんだ胴欲な話もあったもんだ。横取りを企《たくら》んで互いにだましたり盗んだりしていたっていうんだからな。ただ、そうこうするうちに、宗悦さん家《ち》の裏の長屋までたどり着いて、騒ぎを聞いたお園さんに見つかったってわけだ。……宗悦さん、どうしても娘たちのところへ帰ってきたかったんだなぁ。立派な執念だ」

――お父っさん。

ひどい。いったい、誰がこんなことを。

「あの、親分さん」

「なんだい」

「小日向の、深見っていうお旗本を調べてください」

「お旗本?」

「はい。父は昨夜、そこを訪ねていったと」

「ふうむ、お旗本か」

岡っ引きは難しい顔をした。無理もない。

もし父を殺したのが浪人などでなく、歴としたお旗本の家中の者であれば、町奉行所の探索の手は届きにくい。さような者は来ていない、知らぬと言われればそれまでだ。

「まあ、町方の旦那には一応、言上しておくよ」

姉妹が父の葬儀を終え、四十九日も過ぎて、数日が経《た》った。

宗悦の亡骸《なきがら》が入った葛籠を横領しようとした者たちにはそれぞれ、島送りや、所払いといったお仕置きが下されたが、肝心の殺しについては、探索は止まったままだった。

――おかしい。あの深見という旗本。

生前の父が、「もっとも返済が滞っていた家」と常々言っていたのを、お志賀もお園も覚えていた。しかし深見の方では「あの日は留守にしていたから知らぬ」とのことで、それ以上の調べはできぬままだという。

「お志賀ちゃん。無念はようく分かるけれど。でも、お園ちゃんと二人、この先、身の立つようにしていかないとね」

「はい、お師匠さん……」

豊志津の肝煎《きもい》りで、お志賀はいずれ名取りの上、稽古屋を開けるよう、豊志津のもとで内弟子として修業することになり、またお園については、しっかりした奉公先を探してもらえることになった。

「良かったね、お園。下総屋《しもうさや》さんなら、立派な質屋さんだもの。女中奉公といったって、行儀見習いみたいなものよ。花嫁修業だと思って行けばいいわ」

浮かぬ顔のお園を見て、お志賀は懸命にかける言葉を探した。

「ええ。でも姉さん、私、つとまるかしら」

お園の心配も無理はない。姉妹ともこれまで、父の懐で大事に育てられてきた身である。お志賀も心底では、妹を他家へ奉公にやるのは己の身を削がれるようで、つらかった。

――こんな形でお園と別々に暮らすことになるなんて。

心細いのはお志賀も同じだが、ここで自分が弱音を吐いては、お園はもっとつらいだろう。

「だいじょうぶよ、おまえは亡くなったお母さんに似て、私よりずっと気働きがあるもの」

二人して、それぞれ互いの中にある、亡き両親の面影を探す。離れていても、血を分けた姉妹であることは変わらない。

「遠くへ行くわけじゃないし。谷中《やなか》の七面前《しちめんまえ》なら、すぐ近くよ。何かあればすぐ顔を見られるわ。あたしはしばらくお師匠さんのところで内弟子をするけれど、名取りになってお許しが出たら、必ずこの家に戻ってきて、稽古屋を開くから。その時は、またいっしょに暮らそうね」

自分に言い聞かせるように言うと、お園も目に涙をいっぱいためてうなずいている。

翌朝、お園は身繕いを整えて下総屋へと向かっていった。角を曲がっていく黒木綿の後ろ姿を見送りながら、「こんなはずでは」とお志賀はついつぶやいた。

――見送るのは、絹の白無垢《しろむく》姿のはずだったのに。

父といっしょに、ここから嫁いでいく妹を見るはずだった。そう思うと、悔しくてならない。

……ホケキョ。

どこかで鶯《うぐいす》の声がする。

――そうか、もう春。

いったい誰が父を殺したのか。混乱と悲しみで、季節も分からなくなっていたのだった。

――お父っさんのことは忘れない。殺した人は必ず見つける。

ただ、そのためにも、自分がしっかりと生きていかなくては。

二十歳の春。

お志賀は天を仰ぎ、涙がこぼれるのを懸命にこらえた。


安永五（一七七六）年九月二十一日――。

「姉さんお久しぶり」

「お園……。なんだか」

お志賀はそのあとが、言葉にならなかった。

――すっかり娘らしくなって。

互いに別々の暮らしになって、もうすぐ丸三年になる。

近くに住んでいるといっても、お志賀は内弟子修業中、お園は奉公の身では、なかなかゆっくりと顔を合わせて語り合うということもなかったが、今日はたまたま、下総屋のおかみの使いでお園が近くまで来ることがあり、「なんなら少し姉さんに会っておいで」と口添えをもらったという。

「お園ちゃん、良い日に来たね。今日は権現《ごんげん》さまのお祭の日だよ。遠慮はいらない、姉妹でお参りに行っといで」

豊志津から許しをもらい、束の間、姉妹は根津の権現さまへいっしょにお参りすることにした。

「こうしてゆっくり話すの、本当に久しぶりね」

神輿《みこし》を見ようと大勢の人がごった返す中、二人は参道脇の茶店で隣り合って腰を掛けた。

「そうね。去年の暮れ、お父さんの三回忌以来かしら……。どう、お店は。つらいことはない」

「ええ。仕事はすっかり慣れたし、ご主人もおかみさんも変わらずよくしてくださるし。ただ」

「ただ？」

お園がふうーっとため息を吐いた。

「ちょっと困ってることがあって」

「困ってること？」

「うん。しばらく前からなんだけど」

伏し目がちにぽつぽつとお園が語ったところでは、近頃入った男の奉公人に、いやな思いをしているらしい。

「新五郎《しんごろう》さんっていってね。ご主人がどこかから連れてきた人なの。妙に私に優しくしてくれるんだけど」

「優しくしてくれるなら、いいじゃない？」

「そう……きっと誰に言ってもそう言うのかなぁ。でもね、私、どうしてもその人、好きになれないの」

「好きになれない？」

「どう言えばいいのかしら。評判の良い人でね。朋輩《ほうばい》の女子衆《おなごし》たちもみんな、〝真面目だし、客あしらいも上手いし、算盤《そろばん》もできる、男ぶりも良い〟って誉めるの。確かにそのとおりなんだけど、困ったことに、私はどうしても……そう、要するに、虫が好かないのね。優しくされればされるほど、いやなんだもの」

「虫が好かない、ね」

まあ、そういうこともあるだろう。

「お店の内は男女のことに厳しいから、私が知らぬ顔をしていればいいだけなんだけどね。でも、嫌いな人が毎日近くにいるって、いやなもんねぇ」

お園がまたため息を吐いた。よほどその新五郎という男のことが疎ましいらしい。

「ところで、姉さんは？　名取りさんになったんだから、今は人に稽古を付けたりするんでしょ？」

「ええ」

お志賀はこの年の春に「豊志賀」の名をもらった。夏の浴衣会で披露目もしてもらい、今では豊志津の代稽古をつとめるまでになっている。

名をもらうのは何かと物入りなのだが、幸い父の残してくれた金がそれなりにあったので、恥をかかない程度に、披露目に関わる様々なしきたりや儀式などを終えることができた。

「姉さん目当ての男のお弟子さん、たくさんいそうね」

「何言ってるの。いないわよ、そんなの」

本当を言えば、ないわけではない。

女が師匠をしている稽古屋には、経師《きょうじ》屋《や》連《れん》だの、張《は》り子《こ》連《れん》だのと呼ばれる、芸を習うより、師匠を口説くことに熱心な男弟子の群れがだいたいつきものだ。「張る」は「女を手に入れようと付け狙う」という意味でも使われる言葉らしく、それでかような名が付いているらしい。

こうした男衆《おとこしゅう》をまったく突き放してしまうと、それはそれで、一門の賑《にぎ》わいが乏《とぼ》しくなり、温習会《おさらいかい》だの浴衣会だのといった吉例の年中行事に華がなくなるので、稽古屋の経営としてはあまり得策ではない。かといって、うっかり甘い顔を見せて男たちに侮《あなど》られ、芸事の師としての重しが利かなくなれば、大店《おおだな》のお嬢さんやご隠居さんといった良い弟子が離れていってしまうから、そのあたりのさじ加減は大事である。

豊志津はそのあたりの取りさばきもとても見事で、お志賀も見習うべきところなのだが、もともと色恋というものに、ほとんど食わず嫌いとも言える思いを持つお志賀には、今のところ到底真似できそうな気はしない。

お志賀のそうした気性を察してくれているのか、豊志津は「お志賀ちゃんは当分無理しないで、男弟子たちには遠慮無く、どんどん肘鉄《ひじてつ》食らわせてれば良いのよ」と言ってくれる。

「私、男の人、嫌いだもの」

ぽつりとそう言うと、お園が少し困った顔で笑った。その顔はとても大人びて見えて、どちらが姉か分からぬようだ。

「そうよね。ずっと、女二人でやっていきましょう」

お園が側にいてくれれば。そうすれば、経師屋連や張り子連がどれほど来ようと、きっとうまくあしらっていける気がする。

「ね、独り立ちって、どれくらいでお許しが出るの」

身をのり出して興味津々の顔である。やはり早く奉公先を退きたいのだろうと思って、お志賀は不憫《ふびん》に思った。

「たぶん、あと一年か二年くらいで、もらえると思うわ。そうしたら、必ずいっしょに暮らせるから、もう少しだけ待ってて」

「うん。楽しみにしてる」

楽しい時はあっという間に過ぎる。

人混みの中、姉はまた、妹を見送った。


お園と会ってから、ちょうど二ヶ月が経った、十一月の二十日の晩のことだった。

「お志賀ちゃん。よく精進したわね。これならもうすっかりあたしの代わりがつとまるわ。そろそろ独り立ちしてもいいと思う」

「お師匠さま……」

秋の温習会などで、豊志津はこれまでだったら自分でつとめていたような重要な役目のいくつかを、「それは豊志賀に」と割り振ってくれていた。

「良かったら、来春から看板上げなさい。そろそろあたしは隠退するよ」

「え、お師匠さま。そんな急に」

「近頃どうも思うように声が出なくなってね。なんだかイヤになっちまって」

確かに、近頃豊志津の喉は調子が悪そうだった。

「だから弟子はみんなおまえさんに譲るよ。三味線だけで良ければいつでも助《す》けてあげるから。ね」

もう少し修業してから、というつもりだったのでいくらか慌てたが、それなら思っていたより早く、待ち望んでいた暮らしができる。

「お師匠さま、ありがとうございます」

「いやいや、礼には及ばないよ。あたしはずっと独り身だったから、おまえさんにこうして芸を継がせることができたのが、せめてもの功徳《くどく》さ」

そういうと豊志津はごほっと咳《せ》き込んだ。

「お師匠さま、だいじょうぶですか」

「だいじょうぶ、だいじょうぶ。ところで、亡くなったお父っつぁんのことは、あれから何も分からないのかえ」

「ええ……」

三回忌までに何か少しでもと思ったのだが、それはおろか、さらに一年近く経った今でも、新しいことは何も分からずじまいである。

ただ、お志賀が内心怪しいと思い続けている旗本の深見の家は、子細は知れぬものの、何らか落ち度があったものと見え、去年の暮れにお取り潰しにあったらしい。

実は、稽古の合間を縫って、何度か深見の家を訪ねていったのだが、門前払いされるばかりで、一度も話を聞いてもらうことはできなかった。

噂《うわさ》では、当主の新左衛門《しんざえもん》は亡くなったという。

——これでますます、本当のことは分からなくなってしまった。

それでも、お園といっしょにまた暮らせるなら。いっしょに父の供養ができるなら。

そう思っていると、ばたばたと、師匠宅の玄関先に駆け込んでくる足音がする。

「すいやせん。申し。お志賀さんはここに」

――あたし？

豊志津の客ではないらしい。

「はい。志賀は私です」

息せき切って飛び込んできた男は、下総屋の印半纏《しるしばんてん》を着ていた。

「あの、すぐにあっしといっしょに、下総屋へ」

「どういうことですか」

後ろから豊志津も顔を出した。

「何の騒ぎだい」

「それが、あの、お園さんが」

「お園がどうかしたんですか」

「こ、殺されちまって」

「なんだって！」

――嘘《うそ》。

飛び出して行こうとして、後ろから豊志津に「お志賀ちゃん、下駄」と声をかけられた。

「落ち着いて。足袋はだしじゃ行かれないだろう」

下駄も履かず、足袋のままで走り出そうとしていたらしい。

もどかしい思いで鼻緒に指を通すと、お志賀は若い衆に付き添われて下総屋までやってきた。

――嘘に決まってる。お園が死ぬなんて、そんなことがあるわけがない。

「お志賀さん。申し訳ない」

「本当に、なんて言ったら良いか」

下総屋夫婦が青ざめた顔でお志賀を迎えた。

「お園、お園はどこですか」

「お志賀さん。ちょっと待っておくれ」

顔見知りの岡っ引きがお志賀の身体を抱えるようにして止めたが、お志賀はそれを払いのけ、妹が寝かされていると思しき板の間へずんずん入っていくと、筵《むしろ》の覆《おお》いを手でめくりあげた。

「お園！」

行燈の明かりに浮き上がったお園の青い顔は傷一つない代わり、ひどく歪《ゆが》んでいた。まるで事切れた今も、痛みに呻《うめ》き、叫びをあげているようである。

「これは……」

「いいかい。気を確かに聞いておくれよ。お園さん、どうやらこいつの上に押し倒されたようなんだ」

岡っ引きが示したのは、押し切りと呼ばれる道具だった。藁《わら》なんぞをいっぺんにたくさん押しつけて切れるように、大きな刃が上向きに付いている、包丁の親玉みたいな刃物である。

「押し倒されたって……」

「お志賀さん、本当に申し訳ない。こんなことになるなら、新五郎にさっさと暇《ひま》を出すなり、お園さんをおまえさんのところに返すなり、しておけば良かったのに」

下総屋の主人が床に頭をこすりつけて謝っている。

――新五郎。

「そ、それじゃ、お園は、その新五郎って人に」

「ああ、手籠《てご》めにされそうになって倒されたところに、運悪くこの刃物があったってことらしい」

岡っ引きが気の毒そうに「覚悟して見ておくれよ」とお園の肩にそっと手を掛け、持ち上げて背中を見せた。

「背中から肋《あばら》へ、この押し切りの刃が何度も入っちまったらしい。むごい真似を。痛かったなんてもんじゃないだろうな」

背中には幾筋もの傷が段々に折り重なるように付いており、おびただしい血の痕が見られた。

――ひどい。なんてひどい。

「今、下総屋さんでは蔵の直しをしてたな。壁塗りの職人が入ってたんだが……。まさかその道具がこんなことになっちまうとは」

——あんまりだ。

せっかくいっしょに暮らせる目処が立ったというのに。

「それで、お園をこんな目に遭わせた人は」

「新五郎か。今追わせてる。お志賀さん、今度ばかりは絶対、逃がさねえから。必ずひっくくって、獄門に送ってやる」

岡っ引きの声が次第にお志賀の耳から遠くなっていった。


新五郎が捕まったのは、それから二年後のことだった。

どうやら江戸を出てどこかに身を潜めていたのが、ふと舞い戻ったところを、辛抱強く張り込んでいた岡っ引きに捕らえられたという。

「あの、お仕置きは」

「獄門だそうだ。当然だな」

斬首の後、さらし首。

お園がいなくなってからというもの、お志賀はすっかり気落ちして、何もする気が起きなかったが、新五郎がお仕置きになったと聞いて、せめてその顔を見てやろうという気になった。

根津から、刑場の小塚原《こづかっぱら》まで、歩けば半時ほどである。

「さらし首なんか見るのおよし、かえってつらくなるだけだよ」——豊志津がそう言って止めたが、お志賀はそれでも出かけていった。

——どれだろう。

さらし首はほかにもいくつかあった。並の神経なら、こんな景色を見たらすぐにも逃げ出すところだろうが、お志賀は気持ちのどこかが痺れてでもいるようで、気色悪いとか怖いとかいう心持ちがどこからも湧《わ》いてこない。

……無宿新五郎。谷中七面前下総屋にて仲働き女中園に懸想《けそう》の後殺害、百両盗みて逃亡、さらに捕方に乱暴せし、不届き至極につき獄門。

刑場には捨札と呼ばれる高札がいくつも立っていて、仕置きになった者の名前や罪状が書かれている。首の前には真新しい札があった。

——これが、新五郎。

鼻筋の通った、切れ長の鋭い目をした、頬のこけた男の顔だった。右目の下にほくろがあるのが、妙に目立っている。

——こんな。こんな……。

こんなもののせいで、妹はいなくなってしまったというのか。

お志賀の目の前で、世の中の何もかもが、色を失っていった。

どこをどう歩いたか分からぬまま、ふらふらと根津まで戻ったお志賀は、以前にもまして、ただただぼんやりと日を送るようになった。できることと言えばせいぜい、毎月の墓参りくらいである。

――このまま死ねたらいいのに。

お父さん。お園。

父の死んだのは十二月の二十日、妹の死んだのは十一月の二十日。因縁か偶然か、二人とも同じ二十日が命日である。

ようやく無念が晴れましたね――毎月二十日に欠かさず墓参りに行くお志賀に、そう言ってくれる人もあるけれど、下手人が仕置きになったからといって、お園が帰ってくるわけではない。

――あたしもいっしょにそっちへ行きたい。

ふさぎ込むお志賀をかろうじて元気づけたのは、富本のお弟子たちだった。

「ねえお師匠さん。おまえさんが稽古してくれないと、もうここいらじゃ誰も富本を教えてくれる人がいません。お願いしますよ」

師匠の豊志津はこの秋から病を得て療養していたが、ふた月ほど前、とうとう故郷の戸《と》塚《づか》へ帰っていった。豊志津の兄の使いだと言って現れたのは、面差しに似通うところのある優しそうな甥《おい》っ子で、お志賀は羨ましく思いながら見送った。

「そうですよ。ちゃんと稽古所、開いてください」

「お園ちゃんだって、宗悦さんだって、豊志賀さんがいつまでもそうやって沈み込んでいちゃあ、心残りでしょうに。ちゃんとお稽古してくださいよ」


〽新玉の年のはじめに筆取りて　万《よろづ》の宝かきぞ集むる大和歌《やまとうた》……。


まわりに背中を押されるようにして、お志賀が〝富本豊志賀〟として看板を上げたのは、安永八（一七七九）年の正月、二十五歳の春だった。

以来、「身持ちの堅い師匠」、「男嫌いで気っ風の良い師匠」と言われ、順調に弟子も付いて、豊志賀は次第に、根津界隈ではいっぱし名の売れた女丈夫となっていった。


寛政《かんせい》五（一七九三）年夏――。

「師匠、水瓶《みずがめ》、そろそろ底が見えますね。私が汲《く》んできましょうか」

「あら、新吉《しんきち》さん、ありがとう。いつもすまないね」

「いえいえ。そうだ、ついでに流しも掃除しておきますよ」

――あの子、二十歳くらいかしら。

弟……、いや、息子でもおかしくないものね。

豊志賀はすでに三十九歳になっていた。

〝男嫌いは筋金入り〟と言われ、その信用のおかげで、大店やご大身の箱入り娘、乳母日傘《おんばひがさ》娘の弟子も数多く付いている。

一方で、「そんな女に万が一」と、まるで一攫千金《いっかくせんきん》でも狙うような経師屋連だの張り子連だのが、豊志賀にもたくさん付いていて、隙あらば口説こうというような不埒な弟子も後を絶たない。豊志賀は師匠から言われた「肘鉄食らわしてれば良い」をそのまま守っているばかりだが、それでも稽古屋は繁盛していた。

ただ、女の寄る年波とはなかなか一筋縄ではいかぬもので、近頃、ぱっと見には分からぬ、女ならではの身体の不調に、豊志賀も時折、家の中の始末が付かぬことがある。時ならぬ手足の冷えや出し抜けに吹き出すしとどの汗に疲れて、水汲みや掃除がついつい億劫《おっくう》になることもしばしばだった。

「新吉さんは気が利くね。助かるわ。さ、どうぞ」

流しの掃除から、廊下の拭き掃除までしてくれたのを見計らって「お茶を淹《い》れたから」と声をかけると、新吉は「わあ、お師匠さんにお茶淹れてもらうなんて」とうれしそうな顔で座敷に座った。

「すまないね、あれもこれも」

「いやあ、私はこうしてお手伝いするのが好きなので。それに、おそばに長くいれば、お師匠さんがほかの方にお稽古しているのをその分長く聞いていられますし」

語りの方もまあまあの筋で、〈夕霧《ゆうぎり》〉の一くさりなんぞを新吉に稽古してやっていると、豊志賀も心持ちが良い。

「おまえ、ずいぶん来てくれるけれど、商売の方はいいのかえ」

確か弟子入りした頃は、本石町《ほんこくちょう》の松田《まつだ》という貸本屋に奉公していると言っていたが、と思い出して問うてみると、新吉は頭をかいた。

「松田は、つぶれちまったんですよ。そのあとは伯父さんの世話で、煙草の振り売りなんぞしてるんですが、どうもあんまり性に合わなくって」

「そう……」

話していると、どうやら父にも母にも幼い頃に死に別れたとかで、伯父という人が育ての親だという。

——両親《ふたおや》なしかえ。

身内に縁の薄い者同士、どこか相哀れむような気持ちにもなる。

「お師匠さん。明日は二十日ですね。もし私で良ければ、お墓参り、お供させてくれませんか。お一人で行って、お加減が悪くなったりしてもお困りでしょう」

父の宗悦が殺されて二十年。気に掛けてくれていた岡っ引きも五年ほど前に隠居してしまい、今となっては、本当のことが知れる望みはほとんどないに等しい。それでも豊志賀は、毎月、墓前で両親と妹に手を合わせ、「どうかお父さんを殺した人を教えて」と密かに呼びかけることは欠かさない。

――墓参りの供。

ほかの用とは、頼むこちらの心持ちがちがう。いくらか迷ったが、「水も花も重いし……」と自分で自分に言い訳をして、付いてきてもらうことにした。

――お父さん、お園……。

心底に秘めた思いまで打ち明けるわけにはいかぬにせよ、花や水、線香を持ってくれた新吉が、自分のうしろを神妙についてきてくれるのは、心強いことではあった。

「どうです、師匠。新吉が家のことはもうなんでも心得ているようだし、内弟子ってことで、下働きに置いといちゃあ」

墓参りの翌日、台所に立つ新吉を見ながら、弟子の一人が豊志賀にこう切り出した。

――あの子を、うちに？

思いがけない話だが、考えてみれば、悪くない。だが本人はどうだろうか。

「どうだい、おまえさんがいやでなければ。ぶらぶらしているくらいなら、ここで師匠の役に立った方が良かろう」

「え……。いいんですか」

ありがたいことに新吉は目を輝かせ、むしろ前のめりで、「私は願ったり叶《かな》ったりで」と言う。

「じゃあそうしよう。師匠、いいですね」

「それは助かるよ。伯父さんには、あたしからもご挨拶しようじゃないか」

「承知しました。早速、伯父に聞いてみます。だめとは言わないですよ、むしろ大喜びかと」

妹のお園とは叶わなかった、穏やかな暮らし。できることなら、弟のようにも、息子のようにも思える新吉と、そんな暮らしをしてみたい。

そう思ってみると、胸のうちにぽっと灯りが点るようである。

弟子が帰っていくと、さっと盆が引かれ、茶が淹れ替えられた。

「お師匠さん、まだまだ、お若いですよ。男衆はみんなお師匠さん目当てで来るんですから。歳だなんて、おっしゃっちゃいけません」

新吉はそう言ってにこっと笑った。

――かわいいねえ。

ほどなく、伯父の勘蔵《かんぞう》からは、「お申し出ありがとう存じます。こいつはどうも、気立ては良いんですが、飽きっぽくて奉公や商売が続かなくて。どうぞ行儀も芸も、みっちり仕込んでやっておくんなさい」との口上があって、以来、新吉は豊志賀の稽古場に居候することになった。

「なんでぃ師匠、こんな小僧っ子を家に置くなんぞ。手伝いがいるんなら、おいらたちにいつだって言ってくれればいいものを」

「そうだよ、水くさいなあ。なんだってこんな若造を」

「八《はっ》つぁんも熊《くま》さんも、ありがと。でもこの子のことは、子どもか弟みたいに思ってるんだよ。だからおまえさんたちも、どうかかわいがっておくれよ」

「何が子どもか弟かだよ。新吉のやつ。隅に置けないぜ、まったく」

「なあ。よし、おれら、しょっちゅう見張りに来るぜ。こいつが師匠に悪さしないかどうか」

張り子連や経師屋連の騒ぎを「お門違いだよ」と軽く受け流して、豊志賀は新吉を内弟子扱いにした。

夜は伯父さんのところに帰っても良し、泊まっていくなら梯子段を昇って二階をお使い——そんな気楽な日々は、しかし長くは続かなかった。

「お師匠さま、さ、どうぞ中へ」

「ありがとうよ。今日はずいぶん冷えるねえ」

十一月の二十日、いつものように墓参りに行った豊志賀は、背筋がぞくぞくしてどうしようもなくなってしまった。

供をしてくれた新吉と二人、屋台の鍋焼きうどんを誂《あつら》えて食べてみたものの、まだ身体のどこかに、冷えの芯が取りきれぬような気がして、豊志賀は心細かった。

「空模様が怪しいですねえ。どうぞ暖かくして、今日は早めにお休みを」

　毎月二十日は、墓参りで豊志賀が留守にすることを知らぬ弟子はいないので、今日の稽古屋は人気《ひとけ》が無く、しんと冷え切っている。

「そうだねえ。そうさせてもらおうか」

　新吉が手早く伸べてくれた床にもぐりこみ、しばらくうとうととしたが、やがて足の冷たさが気になって目が覚めてしまった。

　新吉に湯婆《たんぽ》を仕掛けてもらおうかと思ったが、きっと眠っているだろうし、今からではあんまり面倒で気の毒で、言い出しかねた。

　ばたばたばたばた……。

　重たい雨粒が屋根に落ちる音が耳に付く。

　——霙でも降り出したようだね。

　目は冴《さ》えてしまったが、暗闇で何も見えない。

　——あたしはずっとこのままだろうか。

　身内に死に別れて、独り身で。そうして独りで、死ぬんだろうか。

　これまでに考えたこともないような心細さが、布団の中に押し寄せてきた。

　男嫌いの堅い師匠。ずっとそう言われて、確かにそう過ごしてきたが、ではこれまでにまったく男を知らなかったかというと、そういうわけではない。

――あれは、魔が差したんだ。ただそれだけだ。

その男、栄助《えいすけ》と出会ったのは、墓参りの帰り道だった。豊志賀が独り立ちして四年、二十九歳になった年だ。

夕立にあって、雨宿りをしていたら、傘を貸してくれて――という、なんだか芝居なんぞによくありそうな道具立てがきっかけで、それから毎月二十日に顔を合わせ、茶店で話をするようになり、さらにはその会う場所が茶店から待合茶屋へと変わり……。

この人が自分と夫婦になりたいと言ってくれたら、弟子たちにはどう言おう、そんなことを考えるようになった頃、栄助はふっつり姿を見せなくなった。

どうしたのかと思って、栄助から聞いていた、営んでいるという上野の骨董屋をのぞきに行った。

――あれは。

店の面に五歳くらいの女の子がいた。母親らしい女がしゃがみこんで、何やら話しかけている。

すると、奥から羽織を着た栄助が出て来た。

「お父《と》っつぁん、どこへ行くの」

「天神さまだよ。おまえも行くかい」

「うん。おっ母さん、良い？」

どう聞いても、どう見ても、夫婦と娘、家族三人のやりとりである。

遊ばれていたのだ——そう気付いて、豊志賀は早々にその場から立ち去った。

——二十日に来るのは、亡き妻の墓参りだと言っていたのに。

五年前、妻に先立たれた。それから独り身を通している——そう言っていたのに。

もしかしたら、栄助の妻子ではないのかもしれない、何か事情があるのかもしれない。そう思ってはみたものの、自分で確かめる勇気はなかったし、何より、毎月二十日の墓参りで栄助に会うことは、それ以後一度もなかった。

そんなことがあって、豊志賀の男嫌いはいっそうひどくなった。表向きはいかにちやほやしてくれようとも、こんな年増女をまともに相手にするような男など、本当はどこにもいやしない、そう心に深く思い決めていた。

——このまま、死ぬのかしら。

誰も恋しいと思わず、誰からも恋しいと思われず。

雨の音がひたひたと耳につく。

——眠れない。

無性に、人と話がしたくなった。

「新吉さん。寝ちまったかい」

きっと起きちゃいまい。若い子は寝付きが良いものだ。

そう思いながらも、梯子段の上へ呼びかけずにはいられなかった。

「新吉さん……」

「お師匠さん、どうなさいました」

思いがけず声がして、豊志賀は暗闇にぽっと小さな灯りでも点った気がした。

「ごめんよ、起こしちまったかね」

「いいえ。なんだか今日は寝付かれませんで。起きておりました」

「そう……。なんだか、いやな晩だね」

「いやな晩です」

互いの声が途切れた。ふたたび訪れた静けさと暗闇に、心細さがいっそう募る。

「新吉さん。二階、寒くないかい」

「ええ。寒うございます」

互いの語尾が闇の中へ消えた。

「どうだろう。布団ごと、降りておいでな」

「……よ、よろしうございますか」

「こんな晩だからね。気の紛れるよう、少し浮世語りでもしようじゃないか。降りておいで」

ごそごそ、もぞもぞと、梯子段を降りてくる気配がした。

「じゃあ私は、ここで、柏餅《かしわもち》に」

どうやら下ろしてきた布団を半分に折って、その間に挟《はさ》まって寝ようというつもりらしい。

「柏餅じゃ、寒いだろうに」

「いえいえ。五幅《いつの》布団《ぶとん》でどうにか巻いておりますから」

新吉はそう言って部屋の隅に横になったようだ。

「寒いよ、それじゃ」

「いいんです」

「良かないよ。あたしが気になるじゃないか。ほら、もう少しこっちへ来て、あたしの布団に半分、身を入れな」

「そ、そんなことをして、お師匠さんの身体から後光が差すとたいへんですから」

「何言ってんだい。ほら、風邪を引くといけないよ。ここへお入り」

「いえいえ、そんなことをしていて朝誰かに見つかったら、あらぬ誤解を受けるといけません」

「誰もそんなこと言いやしないよ。それにこんな寒い中、そう朝早く来る者なぞあるものかね」

「そ、そうでございましょうか」

新吉がそっと足だけこっちの布団に入れてきた。

――暖かいこと。

「お師匠さん、おみ足がたいそう冷とうございますね。暖めて差し上げてもよろしうございますか」

「ごめんよ。かえって悪かったね。そんなことをしたら、おまえが寒いだろうに」

「いえいえ、お布団を分けていただきましたから、大丈夫でございます」

新吉が足先をそろそろと豊志賀の足に添わせた。若い男の足の温もりが、少しずつ身に移ってくる。

「ああ、暖かい」

「よろしうございました。このお布団は、良い香りがいたしますね」

「そうかい」

豊志賀の方はむしろ、漂ってくる男の鬢《びん》の香りに、次第に胸が波打つような音を立て始めていて、新吉に聞こえなければ良いがとそればかりが気になっていた。

互いに黙ったまま、どれくらい経ったろうか。

「新吉さん。起きてるかえ」

「ええ」

豊志賀は寝返りを打った。新吉が足を引っ込めるかどうか、確かめたかったのだ。

男の足は離れなかった。それどころか、豊志賀のふくらはぎに男の脛《すね》がぴったりと添った。

手を伸ばしたのは、どちらが先だったのか。

気づけば、新吉の荒い息づかいがすぐ耳元で聞こえ、互いの指と指が絡み合っている。

「新吉さん、おまえ……」

「お師匠さん。許しておくんなさい」

男の指がおずおずと襦袢《じゅばん》の身八つ口から差し込まれ、豊志賀の胸乳の膨らみを探り当てた。

男の脚が裾を割っていく。

やがて、大胆になった新吉の指が豊志賀の伊達締めの紐を解くと、熱を帯びた女の身体は完全に男に組み敷かれる形になった。

「新さ……」

豊志賀の耳に、もう雨の音は聞こえていなかった。


「新さん、どうだい、この着物」

「どうだろう、ちょっと派手じゃないかな」

「そんなことないよ。おまえさん、色が白いからこういうのよく似合う」

「そうかな。じゃあ、ちょっと行ってくる」

「ああ。伯父さんによろしく。お早うお帰りよ」

翌年の正月。

豊志賀に羽織を着せかけられた新吉は、肩で風を切るように出かけていった。

「なんだい、ありゃあ。すっかり情夫《いろおとこ》じゃねえか。何が内弟子だよ。思ってたとおりだ」

「おれははじめから心配だったんだ。いつかはこうなっちまうんじゃねえかと」

「あの着物を見ねぇ。あれは確か、師匠が着ていた結城《ゆうき》だろう。自分の着物をわざわざ男着物に仕立て直してやるなんざ、情が濃すぎて見てられねぇ」

「羽織は新品だぜ。あれも師匠がどっかの出稽古でもらったもののはずだが。ちぇっ、ばかばかしい。こんなところで習ってられっかよ 〽そりゃ、聞こえませぬわいなぁ、とくらぁ」

「まったくだ。子どもか弟のようになんて言ってたが、やっぱり師匠も女だなあ」

張り子連たちの悪態は、豊志賀の耳にはまったく届かなかった。

——帰ってくるまでに、何かお菜を用意しておかないとね。

振り売りの青物屋から、青菜やら大根やら買って台所に立っていると、これまでになく張り合いのある気持ちになる。

——新さん。

十八歳の年の差。何かと取り沙汰する人も多いだろう。気にならぬと言えば嘘だが、今は何も考えたくなかった。

「お師匠さま。お久《ひさ》でございます。お稽古、お願いいたします」

「はあい、今行くよ」

羽生屋《はにゅうや》という小間物屋の娘である。

「じゃあ始めるよ。二上がりからにしようかね」

三味線の調子を整える。

「はい。お願いします」

お久はよほど稽古が好きと見えて、ほぼ毎日来る。歳は新吉よりちょっと下くらいだろうか。

〽恨みも恋も残りねの　もしや心の変わりやせんと思う疑い晴らさんための誓紙をば

「ああ、そうじゃない、そうじゃない。もう一回ね」

〈浅間《あさま》〉を少しずつさらっていると、玄関の開く気配があって、新吉が稽古場へ入ってきた。黙って座り、お久と豊志賀を代わる代わる眺めながら、にこにこ笑っている。

「はい、じゃあ、今日はこれぐらいにしようか。なかなかよく覚えたね」

「ありがとうございます」

丁寧にお辞儀をして立ち上がったお久が、新吉に向かって一際華やかに笑みを浮かべた。新吉も愛想良くお辞儀を返した。

——何よ、ちょっとばかり若いからって。

思ってしまって、豊志賀ははっとした。

——ああ、やだ。

なんてみっともない。

豊志賀から見れば、新吉もお久も、もう数年越しの弟子だ。顔見知りなのはもちろん、新吉が内弟子になってからは、当たり前のように親しく口を利く。

——こんなことで妬くだなんて。

慌てて気持ちを抑えつけている豊志賀の脇で、新吉は何も意に介する様子もなく、手控えの帳面をめくっている。

「師匠。なんだか。お弟子、減っちまったなあ」

「そ、そうだね」

暮れには歳暮、正月には年賀と、稽古を続ける気のある者からは何かと付け届けのあるはずの時期だったが、それらの数はめっきりと減っていた。師匠から弟子に年賀として渡す白扇も、用意した半分以上が残っている。

「やっぱり、私がいけないんだろうね。師匠とこんなふうになっちまったから」

誰から言われるより、新吉自身からそう言われるのが、何よりつらい。「やっぱり別れた方が互いのため」なんていう台詞が出てきたらと思うと、不安で不安で仕方なかった。

——お願い、それだけは。

白扇の入った風呂敷包みを、押し入れの奥の方に押しやって、ぴしゃりと戸を閉める。

「いいんだ、いいんだよ。気にしなくて。別にそう大勢お弟子がいなくたって、食うに困るわけじゃない。ね、気にしないで」

豊志賀は新吉の背中に寄りかかると、ぴたりと自分の頬を付けた。

――いいんだよ、あたしは。弟子が何人減ろうと。

そう、おまえさえいてくれれば。


さりとて、本当に弟子が一人去り、二人去りしていくと、豊志賀もさすがに心細くなってきた。春が終わる頃にはもう吉例の浴衣会の仕組さえまともに見通しのつかぬ有様になり、さらに梅雨を迎えると、稽古屋らしい風情はほとんどなくなって、暮らしぶりも様変わりしてしまった。

「新さん、ちょっと、出てくるね」

「あいよ。行ってらっしゃい」

新吉の目に触れないよう、こっそり着物を数枚持ち出して、質屋の暖簾《のれん》をくぐる。近頃できてしまった、侘《わび》しいならいである。

「あの」

「おや、お志賀さん」

また来たのかとでも言いたげな番頭のまなざしに、思わずうつむき加減になる。

「すみません、これでまたいくらか」

「承知しました」

下総屋は、お園の一件もあるので、ほかの質屋よりは多少色を付けてくれる。

豊志賀が来たと誰かが告げたのだろう、奥から主人が顔を見せ、手招きした。良い話でないことは、店の者の態度からも、主人の顔つきからも、明らかだ。

「お志賀さん。私がこんなことを言えた義理じゃないが」

新吉とのことは、自分で思っているより、あちこちに知られているらしい。

主人は明らかに言葉を選んでいるふうだったが、どんな言葉が出てくるかは、豊志賀にはおおよそ、見当が付いた。

「身のまわり、ここいらできちんとなさったらいかがですか」

「きちんと」

「ええ。お園さんも、きっと今のお志賀さんのご様子には、草葉の陰で心配なすっておいでなんじゃありませんか」

あえて新吉の名を出してそれと言わぬのが、かえって主人の心証の悪さを物語っている。

「ええ。うちも古い付き合いですから、お志賀さんのように堅く通してこられた方が、今になって妙なことで人の口の端に上るのは気の毒でね。何かあれば、相談に乗りますよ」

どんなふうに口の端に上っているのかと、こちらから問うことは、むろんできない。

豊志賀はただ黙って頭を下げて下総屋をあとにした。

……きちんと。

きちんと。その次の台詞はなんだろう。

きちんと、夫婦に。

そうなれたらどんなに良いか。

豊志賀だってずっと待っているのだ。新吉が「そろそろ伯父さんにきちんと話をしたい」と言ってくれるのを。

されど、いっこうにそんな気配はない。

――やっぱり、だめだろうね。

三つや四つならともかく、十八も上の姉さん女房。今から夫婦になったところで、子どもは到底望めぬし、ゆくゆくはこちらが厄介をかけるばかりになるのは、目に見えている。

――伯父さんだって反対なさるだろうし。

何より、新吉自身きっと、豊志賀を女房にとは思っていないのだろう。

……きちんと、の次は。

別れた方が。新吉を家から出した方が。やっぱりこっちだろう。

――いいえ、それだけは。

だってもう、あたしには新さんしかいないんだから。

迷い乱れる胸の内を鎮めながら戻ってくると、玄関に女物の下駄がある。

「おう、やっと帰ってきた。さっきからお久さんがお待ちかねだよ」

「お久？」

「稽古だよ、稽古」

ほかの弟子がほとんど来なくなってしまった中で、お久だけは変わらず、毎日のように顔を見せる。

――この子、新さんが目当てなんじゃないかしら。

お願いしますと頭を下げる顔は、いわゆる器量良しというのではないけれど、笑うとえくぼのできる愛嬌《あいきょう》のある娘である。

「そう。じゃあ、今日はもう少し先へ進もうか」

はいと目を輝かせて稽古本を見台に載せる。


〽疑い晴らさんための誓紙をば　なぜに煙となしたまふ　恨めしや早くも変わる……


「そこは昨日も教えただろう。なんでできないんだい」

思わず声が荒くなって、ため息を吐く。

「すみません」

「さあ、もう一回」

声を上げるお久の頰に朱が差して、憎らしくも愛らしい。脇にいる新吉の顔は見えないが、にこにこ笑っているのだろうかと思うと、ついつい三味線の勘所が鈍る。

「あ……」

「なぜ勝手に止めるの？　じれったい子だねえ」

小半時ばかり、何度も何度も同じところをやり直してようやく豊志賀はお久に「今日はこれでお帰り」と告げた。

新吉がさっと立ち上がった。玄関先まで見送るつもりなのだろう。

——そんなことしなくていいのに。

すぐ戻ってくると思った新吉は、なかなか姿を見せない。

——お久と話し込んでる？

いらいらしながら三味線を片付けようと手を伸ばすと、三の糸が胴のあたりでぶちんと切れた。

鈍い音にはっとしていると、やっと戻ってきた新吉が、「あれ、糸、切れちまったのか。無理もねえなあ」と軽くため息を吐いた。

「ずいぶんきつく当たったなあ。あんな言い方をしなくても」

「なんだよ、うるさいねえ」

「それに、お久さんの語りが止まったのは、師匠の三味線が狂ったからじゃないか。見ねえ、撥《ばち》の当て方が乱暴だから、そんなふうに糸も切れちまって」

「うるさいったら」

「おお、こわ。どうしたんだよ。身体の具合でも悪いのかい。それなら、ちょっと横におなりよ。夕餉の支度は私がしよう」

新吉が穏やかな調子で言えば言うほど、苛立《いらだ》ってしまう。目頭がだんだん熱くなってきた。

「それでもお久さん、〝お師匠さんが私にきつく当たりなさるのは、きっと見込みがあると思ってくださっているからよね〟、って言ってたぞ。健気なもんだ。次はもっと丁寧に稽古してやるといいよ」

切れた糸を外して、三味線を長袋に収めていると、涙がぽろりとこぼれ落ち、長袋に水染みを作った。赤紫の縮緬地《ちりめんじ》がそこだけ、黒みを帯びて滲《にじ》む。

涙があとからあとから、止めどなくあふれて、水染みがいくつもいくつもできて、どんどん広がっていく。

――ああ、いけない。

きっと疲れているんだ。ちょっと横になってみよう。

台所からは、手際よく何か支度してくれているらしい音が聞こえてくる。

「ほら。おかゆにしてみたよ」

「ありがと」

柔らかく炊かれた飯の温みに、改めて「ああ、この人を手放すなんてやっぱり、絶対にだめ」と、また目元がじわりとしてしまう。

隣でゆっくり給仕してくれていた新吉が、豊志賀の顔を見て「あれ」と訝しげに声を上げた。

「師匠、目の下、どうしたんだ」

「目の下？」

「右の目の下さ。どこかぶつけたりしたかい」

手で触ってみると、確かに少しふくらみがあり、刺すような痛みを感じる。豊志賀は慌てて鏡をのぞき込んだ。新吉が行燈に火を入れた。

——何これ。

ちょうど、さっき長袋に作ってしまった水染みとよく似た、赤紫色のできものができている。なんだかいやな感じがして、豊志賀はすぐに鏡を伏せた。

「何か、かぶれたのかもしれないね。どこかに膏薬《こうやく》あったよね。塗っておこうかな」

「ああ、それがいいよ。どれ、塗ってやろう」

新吉が手早く膏薬を探し出し、塗ってくれた。

「痛っ」

「おっと、ごめんよ、ずいぶんそっとやったつもりなんだが」

針で刺されるような鋭い痛みだ。

その晩はなんとか眠りについた豊志賀だったが、翌朝、おそるおそる鏡を見て、気を失いそうになった。

紫色の染みは広がって厚みを増していた。頬骨の辺りは少し擦《こす》れて爛《ただ》れているようにも見える。

――いやだ、ひどくなってる。

腫れ物だけではない。

これまでつとめて気にしないようにしていた、寄る年波でだんだん細く少なくなってきた髪、そのせいで妙に頼りなく見える額の生え際、できもののない左の頬にある薄茶色のぽつぽつとした染みなどが、日の光の下、容赦なく鏡に映し出されている。

――まるで〈累《かさね》〉。

確か師匠の豊志津が戸塚へ帰ってしまう少し前に、いっしょに中村座《なかむらざ》へ観に行った。名題は忘れてしまったが、大筋は伊達《だて》騒動で、累《かさね》の役をやっていたのは当時大人気の女形《おやま》、岩井《いわい》半四《はんし》郎《ろう》だった。

醜く変わった己の面相に望みを絶たれた哀《かな》しい女が、嫉妬のあまり主君の大切な恋人を手にかけてしまう、そんな話だった――。

――ああ、いやなこと。

目の前が暗くなり、豊志賀はそのまま、床に倒れ込んでしまった。

「おい、どうしたんだ。おい」

「新さん、いやだよう。見ないでおくれ」

「何言っているんだ。どれ」

新吉は布団で顔を隠そうとするのをむりやりのぞき込んで「こりゃあ……」と言ったきり、言葉をごくりと飲み込んだ。

新吉に呼ばれてきた医者は「面疔《めんちょう》でしょう」と言って、煎《せん》じ薬《ぐすり》と膏薬とを出してくれたが、いっこうに良くなる様子は無かった。それどころか、総身が熱を帯びたようになり、頭が始終ぼんやりとして、起き上がるのも億劫な日が続くようになった。

「師匠。薬、煎じたから飲もう。それから、膏薬も貼り替えようよ」

「あ、ああ」

「だいじょうぶかい、今、身体、起こしてやるよ」

かろうじて薬湯を喉に注ぎ込む。

「何か食べられると良いんだが。食べたいものはないかい」

豊志賀は力なく首を横に振った。

少しでも良くなっていないかと、儚《はかな》い望みをかけて鏡をのぞき込もうとして、なんだか目の前が狭くなっている気がする。

見れば腫れはさらにひどくなり、加えてじくじくと膿《うみ》が湧いていた。腫れ物に下から押されて、右の目がほとんどふさがってしまっている。目の前が狭くなった気がするのは、そのせいだ。

――ああ、いや。ますます……。

はっと目を背けた先で、湯飲みを持つ己の骨張った皺だらけの手が目に入り、いっそう気が滅入っていく。

「新さん」

「どうだい、少しは良いかえ」

返答しながら、新吉はこっちを決して正面から見ようとしない。

「死んじまった方がいいね、あたし」

「何を言ってるんだ」

「看てくれるのは有り難いけれどね。でもおまえさんもいやだろう。こんな婆さんといっしょにいるの」

「そんなふうに言うんじゃないよ。治るから。そう焦《じ》れるなよ。ちょっとは腫れも引いているように見えるし」

「嘘をお吐きでないよ。気休めばっかり。どうせおまえは、心底ではさっさとくたばれって思っているんだろうに」

「いい加減にしないか」

新吉の機嫌がみるみる悪くなっていく。それが分かっていながら、愚痴を止められない自分をどうすることもできない。

「あたしがさっさと死ねば、おまえは晴れてお久といっしょになれるじゃないか。ああ、ああ、早く死んで、二人をいっしょにしてやりたいねえ」

「なんでそう邪推するんだ。お久さんとは何にもありゃしない、あるわけがない。あの子は大事な家付きの一人娘、歴とした大店から婿を取ろうっていう人だからね、でたらめにでもそんなことを言っては気の毒だろう」

「なんだい、お久のことは気の毒でも、あたしのことは死んだってなんとも思わないんだろう」

「なんでそうめちゃくちゃを言うんだ」

新吉が背中から豊志賀の半身を抱きしめた時、玄関先で「ごめんください」と声がした。

「はあい。今行きます……ちょっと出てくる。横になっているがいい」

布団に横になって、声の主に見当が付く。

——あの声、お久だ。

憎らしい。何しに来た。いつくたばるかと、二人で見計らっているのか。

立って出て行って、自分で怒れないのがもどかしい。

「師匠。お久さんが見舞いに来ましたよ。こんなけっこうなものもいただきました。玉子入りの煎り豆腐、師匠の好物でしょう。きれいな三つ組みの蓋物《ふたもの》に入れてくださって、これは錦手《にしきで》ですよ、目の保養にもなりましょう」

「お師匠さま、お加減いかがですか」

布団を目のところまで下げて、きちんと座るお久の顔を見る。

「おまえ、何しに来たの」

「あ、あの、お見舞いに」

薄紅色の格子《こうし》縞《じま》の着物。こんなのが似合うのは、本当に若い娘の頃だけだ。今の豊志賀には絶対に着こなせぬ色である。

「嘘をお言い。新吉さんに会いたくて来たんだろうに」

つまみ細工のかんざしが揺れている。自分の髪はもうすっかり薄くて、かんざしなんか挿してもきっと抜け落ちてしまうだろう。

「おいおい。しょうがないな。お久さん堪忍しておくんなさい、病が言わせているんだよ、真に受けないでやっておくれ」

「ええ。申し訳ありません。お加減の優れないところへお邪魔して。私すぐ失礼しますから」

お久はばつの悪そうな顔になり、すぐ出て行った。

「師匠、あんまりじゃないか。あんなおぼこ娘に向かって。気の毒で見ちゃいられない」

「ああ、ああ、どうせあたしは年増のすれっからしですよ」

「またそう。いくら加減が悪いからって、もうちょっと言いようがあるだろう」

「ああ、ああ、どうとでも言うが良いよ。さっさとあの子のあとを追っかけていったらどうなんだい。どうせあたしはこんな顔だからね。あの初心《うぶ》な、かわいいえくぼのできる顔を見に行けば良い」

　涙が腫れ物の膿を濡らしていくのが分かる。手ぬぐいでそっと押さえると、黄緑色のいやな色が移った。

「しょうがないな。さ、薬湯だよ。後生だから、ちょっと身体を起こして、これだけでもお飲みよ。含みやすいように、冷ましてあるから」

　新吉の手があやすように背中をさする。

　――新さん……。

「さ、お休みよ。目が覚めたら、次は葛湯《くずゆ》か甘酒でも用意しておくから」

　涙と薬湯とが混ざるように、豊志賀の口を浸していく。

　どれくらいうとうとしただろうか。

　ふと目を覚ますと、真の闇である。新吉もどこかへ行ってしまったものか、何の気配もなかった。

　――ああ、情けない。

　手探りで火種を取って、行燈に火を入れた。

　――見ない方が良い。見ちゃいけない。

そう思っているのに、つい手は、鏡を取ってしまう。

右の目はもうすっかりふさがってしまって見えない。左目からしか見えない鏡の中に、顔の半分がすっかり崩れかかった、化け物のような己の姿が、揺れる灯りに浮き上がって見えている。

――だめだ。これは。

新吉とは、きっと腐れ縁なのだ。だから、何もかも腐ってしまうのだ。

このままではきっと、顔ばかりではない、総身も性根も、自分に関わるものすべてが腐ってしまうにちがいない。

自分からふっつり切ってしまわなければ。

新吉の伯父に頼んで、きっちりと縁を切ってもらおう。

こんな母親のような年回りの女に、ここまで尽くしてくれたんだ。今はそんなゆとりはないけれど、病が癒えて、もとのように堅い師匠になって、弟子が戻ってきてくれたら、それ相応に手切れも払ってやろう。女房をもらって世帯を持つというなら、できるだけのことはしようじゃないか。

それが女の道というものだ。

――ねえ、お師匠さん。

豊志津からは今でもたまに短い手紙が来る。会って話ができたらどんなに良いだろう。

ともかく、こんな有様じゃ豊志津にだって会わせる顔がない。

ふっと、覚えのない空焚《そらだ》きの香りがした。

——新さん……？　誰かと会ってきた？

移り香がするほど、誰と会ってきた？


〽袖の香りは誰と寝てきた移り香と　しらべの糸の胸尽くし……


香りはますます強くなる。

「なんだい、これは。あたしとまだ切れないうちから、お久と乳繰り合おうっていうのかい」

叫べども、声も出ぬ。


〽女の上の品定めも悋気《りんき》は下品下生《げほんげしょう》ぞや。


ああ、構やしない、下品下生で。魔道に堕《お》ちたって良い。

——こんなに大事にしてやったのに。

あたしがいなかったら、今だってしがない振り売りの煙草売りだったくせに……。

ちゃんとした夫婦になろうって、いつ言ってくれるか、いつ言ってくれるかって、ずっと待って、待って、待ち続けていたのに。

あたしがこんなに年上で、なかなか言い出せないのを良いことに。

恩知らず、恥知らず、裏切り者、薄情者……。

あたしが死んだら、きっとすぐにほかの女を引きこむにちがいない。それできっとあたしのことを面倒くさい婆だったとか、わがままでたいへんだったとかって、その女に向かって笑ってしゃべるんだ……。

ああ悔しい、悔しい。

絶対、死んだって許さない。何べん生まれ変わったって許さない。

このままでおくもんか、これからおまえと関わる女はみんな、みんな許さない。

みんな、あたしと同じ思いをさせてやる。

泣いて、わめいて、叫んで、のたうち回れば良いんだ。

誰も、誰も助けてなんかくれない。

望みが一つもなくなって、身も心も何もかも腐って、ひとりぼっちで。

そうしてみんな、おまえを心底恨んで死んでいくんだ。

積もり積もった重たい女の恨みを背負ったまま、おまえは何べんでも生まれ変わるんだ。

あたしは、あたしはそんなおまえを……。

——地獄から、ずっと、見ていてあげる。

二　お熊《くま》

享和《きょうわ》二（一八〇二）年春、下総国《しもうさのくに》塚崎村《つかさきむら》――。

おやおや、また観音堂に懺悔《ざんげ》のお方ですね。ご奇特なこと、さ、どうぞ中へ。

あら、そうじゃないって？

何ですね、この尼に身の上話をせよとおっしゃいますか。そりゃあまたご酔狂な。

まあ、どうしても話せとおっしゃるなら、話さないことはありませんが……。

でもおまえさま、まさかお上の手の方じゃないでしょうね。今更御用だ、お縄だって、お願いだからそれはなしにしてくださいよ。

話せばお鳥目《ちょうもく》をくださる？　おやおやこんなに。二朱銀と言えば大金ですよ、八枚あれば一両になりますからねえ。これだけあれば何日過ごせることやら。これはこれは、ありがとうございます。

なら、お話しましょうかねぇ。おあしがたくさんあれば、地獄の沙汰も金次第、これ以上堕《お》ちずに済むかもしれないし。

今でこそこうして仏の道に仕えておりますけれどもね。若い頃はずいぶん悪いことばかりいたしておりました。

恥をいっそう申すようですが、もとは武家の娘なのでございます。下総の古河《こが》、土井《どい》さまのご家中で百二十石と聞きましたから、そう悪くない身分だったかと。

さりとて、若い娘時分というのは、世の中のことがまったく見えておりませんから。今思えば、本当に無茶をいたしましてね。

父の家来とこっそり言い交わす仲になってしまったのでございます。十六歳の時のことでございました。

父に言えば烈火のごとく怒られて裂かれるだろうことは目に見えておりましたから、男に言われるまま、駆け落ちをして江戸へ行ったのです。宝暦《ほうれき》の十二、三（一七六二、一七六三）年のことだったかしら。

思えば、これが間違いのはじまり。

身ごもって、男の子が生まれたのと、亭主が患って死んだのとがちょうど同じ頃で。年端もゆかぬ世間知らず、到底子連れで一人食いつなぐ術《すべ》は知りません。

おまけに、生まれてきたその子には、肩のところに、見るのもいやになるような、まるで人の顔みたような痣《あざ》があったのです。しかも、その痣から、ほんの乳飲み子だというのに黒々と太い毛がびっしり生えていて。

途方に暮れていたのと、気色が悪いのとで、思わず、夜の闇に紛れて、その子を通りがかった豆腐屋の前に置いてきちまったんです。場所は確か、本郷《ほんごう》の菊坂下《きくざかした》でしたか。

なぜ豆腐屋？　ああ、だってほら、豆腐屋は一番早起きでしょう。だから、少しでも早く見つけてくれるかと。

その後は、どうなったか知りません。なんだか怖くて。本郷へはできるだけ近づかないようにしていました。

ひどい母親だって？　そりゃそうでしょうねえ。

でも十七の小娘には、己一人、どうやって食べていったら良いかも分からなかった。

そのあとは行き当たりばったり、雇ってくれるところさえあれば、っていう暮らしでした。

でも、どこも長続きしなくて。

もう一度所帯も持ってみたのだけど、亭主運が悪いのか、その人にも死に別れちまいました。

そんな頃です。もとは武家の娘だというなら、思い切って堅いつとめで辛抱する気は無いかって言われて。そろそろ三十路の坂が迫るほどの歳回りでしたから、それも良いかもしれないと。

奥方が病みついて、女手がなくて困っているお武家があるから、奉公してみないかと。

小日向《こびなた》の深見《ふかみ》さまってお旗本でした。

行ってみたら、乳飲み子がいました。奥方は乳が出ないんで、下男が方々駆け回って、もらい乳をして歩いてましたよ。乳母さんを雇うほどの余裕はなかったんでしょう。あたしのお給金も安かったし。

奥方の看病は、ご長男がするっていうから、あたしはもっぱら、家の中のことだけしていれば良かったんです。

それに旦那さまは、あたしにはお優しかった。面倒なことはおっしゃらず、お酒さえ飲ませておけばいいようなお方でした。

え？　そこにつけ込んだのかって？

人聞きの悪い。

まあ、お手が付いたのは、ほんとのことですけど。

だってしょうがないじゃありませんか。奥方はともかく始終伏せってばかり、はじめは産後の肥立ちが悪いのかと思ってたんですけど、だんだん見ていくと、そうじゃなかった。

ぶらぶら病っていうか、気鬱の病っていうか。そんなのをずっと見せ付けられているから、旦那さまはご機嫌が悪くなって、ますますあたしのことをかわいがってくださいました。「お熊が酌《しゃく》をしてくれる酒はうまい」なんてね。

そのうちに、ご長男が出て行っちまった。きっと、お父上のことがお嫌いになったんでしょう。剣術の先生のところへでも居候に行ったんだろうって、旦那は言ってましたかね。

ご長男のお名前ですか？　確か新五《しんご》郎《ろう》さんと。ええ、乳飲み子のご次男は新吉さん。だいぶ歳《とし》の離れたご兄弟でしたね。

その新五郎さんがいなくなったあと、奥方の様子はどんどんひどくなりました。

おまえが看病しなかったのかって？　しょうがないじゃありませんか、あたしだってお腹《なか》が大きくなって、以前ほど動けなくなりました。

それに、奥方は気味の悪いことをよくおっしゃるから、あたしはあんまり近寄りたくなかったんです。

「按摩《あんま》の幽霊が見える、血だらけの按摩が葛籠《つづら》から出て襲ってくる」って、顔を引きつらせてよく悲鳴上げてましたねえ。で、それを聞くととにかく旦那が人が変わったみたいに怒るんですよ。「愚かなことを申すでない」って怒鳴って、奥方をぶったり蹴ったり。そりゃあひどいもんでした。

けど、奥方も、そんな時は病人とは思えない勢いで旦那に向かって怒鳴り返すんです。「三《さん》右衛門《えもん》に聞けば分かる。あの者がそうえつを棄《す》てに行った。あれから三右衛門は帰って来ない。あなたがさせたことだ」って。何のことか分かりませんでしたけど、そういう時の奥方の形相はそれはそれは、もう。

あの、お能の時に使う〈生成《なまな》り〉っていう面があるでしょう。そうそう、女が嫉妬で人から鬼に変わる途中の形相を写した面っていう。まさにあれですよ。

で、奥方が亡くなったのも――これ、本当にここだけの話にしといてくださいよ――今思えばあれも按摩が発端でしたね。

寒い頃、十二月の二十日でしたか。奥方が、「お腹に差し込みがして、痛くてたまらない」ってあんまり苦しがるもんだから、旦那が「鍼医《はりい》でも呼べ」って。

かかりつけの鍼医でもあるのかと思ったら、通りすがりのをそのまま呼んだから、ちょっとびっくりしましたけど。ほら、いるでしょ、あのぴーっと笛を鳴らしながら通る按摩。

それでも、その鍼がなかなか具合がいいからって、しばらく毎日続けて来させてました。ところが、五、六日くらい経《た》った頃に、一番仕舞いに鳩尾《みぞおち》のあたりに打った鍼が、どうも良くなかったんでしょう、奥方が「痛い痛い」ってたいそう苦しまれて。

按摩の方は「利いているんでしょうからだいじょうぶ、じきに治ります」なんてすまして帰っちまいましたけど、それからがたいへんで。

鍼を打った痕が爛《ただ》れて、濁った水みたいのがじくじく、じくじく、出続けるんです、気味が悪いでしょう。

旦那さまは怒って、「あの按摩をもう一度呼んで、なんとかさせろ」って言ってましたけど、それっきり姿を見せない。しょうがないから別の按摩——これも通りすがりでしたけど——に見せたんです。

その按摩は、「自分は鍼はできないが揉療治《もみりょうじ》なら」って言うんで、揉ませたら……。奥方、よほど痛かったんでしょう、もうひいひい、拷問にでもあっているような悲鳴をあげて。あたしは聞いてるのがもういやでいやで、台所に逃げ込んで耳を塞《ふさ》いでたほどでした。

そうしたらねえ。

「おのれまいったか」って、旦那が大音声《だいおんじょう》上げて、いきなり刀抜いちまって。

奥方の左の肩から乳のあたりまで、ざっくり、切っちまったんです。

ああ、今思い出してもぞっとする。

そうそう、確か旦那、妙なことも口走ってました。なんだったかしら、「そうえつめ、執念《しゅうね》くもこれへ化けてまいったな」とかなんとか。ええ、そう聞こえましたよ、あたしには。

そういえば、奥方の今際《いまわ》の際のお言葉も妙でした。

「私はそうえつに殺されるだろうと思っておりましたからしかたありません、でもあなた、ご酒《しゅ》をおやめなさいませんと家が潰れます」――ああ、すごいお顔をなさってました、今でも時々、あの最後の奥方の様子、夢に見てうなされることがあります。そうえつって、なんのことなんでしょうか。人の名ですかね、按摩か坊主か。

それはともかく、お武家っていうのは、都合良くできてますよ、悪いことを隠すには。

奥方のこと、ご公儀には「病死」って届けて、それで仕舞い。あっけなくてびっくりしました。

あっけないって言えば、それからのあたしも、あっけなくて情けないもんでした。

もしかしたらこれで、子どもも生まれることだし、お旗本の奥方に納まれるかもしれない――

ちらっとそう思ったのに。

それから一年も経たないうちに、今度は旦那が殺されちまったんです。お役目で、捕り物をしている最中にね。

捕り物中に亡くなったんだから、名誉なことなのかと思ったら、そうじゃなくて、むしろ「失態である」ってお咎《とが》め受けたんだって。深見の家はお取り潰しになっちまった。だからあたしは、生まれたばっかりの娘を連れて、またその日暮らしに逆戻り。つくづく男運がないんだと思いました。

ご兄弟はどうしたかって？　さあ。

ご長男は行き方知れずのままでしたよ。ご次男は、下男さんが預かっていきなさいました。そのあとどうなさったかは、知りませんねえ。

ごめんよ、いっぺんに話すと疲れるね。何しろ、悪いことばっかりだから。

深見を出たあとの話は、ちょっと休んでから、また話させてもらいましょ。

三　新吉《しんきち》　上

寛政《かんせい》六（一七九四）年八月六日——。

——参ったな。こっちまで病になりそうだ。

女がああいう病になったんだから、心細いのは当然だ。大事にしてやらなきゃとは思うものの、新吉は毎日、憂鬱でならなかった。

豊志《とよし》賀《が》はもうほとんど寝たきりに近い。身体を拭いてやったり、下の世話をしたり……。でも、それはまだ、我慢できる。

——おっ母さんでもおかしくないからな。

「新吉さん。新さん」

——まただ。

眠っているようだったから、この隙に飯でもと思っていたのに。

「どうしたい。どこか傷むのか」

「おまえ、おまえ、あたしが死んだら」

「おい。またかい」

むくりと起き上がった豊志賀が、病人とは思えぬ腕の力で新吉の胸ぐらをつかみ、顔を近づけてくる。

「あたしがこんな顔になったから」

「よさないか。ほら」

あやすように背中を抱き、脚をさすってやると、ようやくとろとろと目をつぶっていく。こんなことが昼となく夜となく繰り返されるので、新吉はもう今が何時で、今食べようとしている膳が朝飯なのか夕餉《ゆうげ》なのかもよく分からなくなりつつあった。

米びつの底が見えはじめた。次の質草をそろそろ考えねばなるまい。

——それにしても、確かにひでぇな。

起きている時の豊志賀の顔は、もうとても正視できるようなものではない。幼い子どもが見たら、きっとひきつけを起こすほど怖がるだろう。寝顔を改めて見て、ため息を吐く。

世話になった。惚《ほ》れてもいた。

そう、惚れていた、だ。惚れている、ではない。

——このまま、ずっとこうしてなきゃいけねえのかなあ。

自分と深間《ふかま》にはまったせいで、お弟子たちが寄りつかなくなったのだから、ここはむしろ、すっぱり別れた方が互いのためなんじゃないのか。

虫の良い言い分だとは思いながらも、新吉はすっかり音を上げてしまっていた。

――伯父さんに相談してみよう。

新吉は病人を起こさないよう、そっと玄関を滑り出た。

日が傾きかけている。

急ぎ足で茅町《かやちょう》へ出て、片側町《かたかわまち》まで来た時だった。

「あら、新吉さん」

若い娘が声をかけてきた。羽生屋《はにゅうや》という屋号の入った提灯を持っている。

「これは、お久《ひさ》さん。ずいぶん久しぶり。どちらへ」

「日野屋《ひのや》へお買い物に」

宵闇で出会った灯《あか》り。お久の顔が観音さまのように思える。

「お師匠さんはいかが」

「ええ。どうにもずっとあんな調子なんで。先日は妙なことをお久さんにも言ってしまって、すみませんでしたね」

「いいえ。私の方は構いませんけれど」

お久のおかげで人心地がついたのか、急に腹の虫がぐるぐる鳴き始めた。

「お久さん。師匠があんなふうですからね、私、まともにご飯を食べる暇もなくて」

「あら、それはお気の毒に」

「どうでしょう、一人で食べるのもわびしいから、良かったらいっしょに行ってくれませんか」

我ながらちょっと押し強いようだと思ったが、今、このままお久と、ただ道で行き違うだけになってしまうのは惜しい。

――ほんのちょっと、ちょっとの間でいいんだ。

他愛ない話を、他愛なく、誰かとしたいだけなんだ。

「私は構いませんが。でも、私なんぞを同道なさると、新吉さん、外聞が悪いんじゃありませんか」

「だいじょうぶですよ、お久さんさえ良ければ。どうです、鮨屋《すしや》でも」

「そうお？」

小首を傾《かし》げたお久がかわいい。まんざらでもないんだろうと思うと、余計にこの気を逃すのはもったいない。

「ね、行きましょう」

手を取って歩き出すと、お久はそれを振り払うでもなく、そのままにこにこと付いてきた。

「いらっしゃいまし」

蓮見《はすみ》鮨《ずし》の暖簾《のれん》をくぐると、店の者がちらっとこちらを見て、意味ありげな目をした。

「どうぞ。お二階の四畳半、開いてますよ」

言われるままに上がってみると、天井が低く、座っていざるようにしないと動けない。

「なんか、妙な感じですね。お久さん、すまない」

「いいえ。私は平気。いつもそばにお師匠さんがいなさるから、新吉さんとはご飯どころかお茶だっていっしょにいただくわけにはいかないと思っていましたから、なんだかうれしいわ」

店の者が上がってきて、注文を取っていく。

「なんでもいいよ。見計らっておくんな」

新吉がそう言うと、店の者は「では、御用があればお呼びなすって。ここは内側から締まりができますので」と言い置いて下がっていった。

「あはは、内側から締まりですって。お久さん、変に思わないでくださいよ」

意に介する様子もなく、お久はきょろきょろと部屋を見回してから、「新吉さんもたいへんね」と言った。

「うちの母も誉めてますよ、新吉さんのこと。お師匠さんのことも、これからのこともいろいろ思うところもあるだろうけれどどって」

思うところ――

どう思えば良いのだろう。

「看病だけならいいんですがね。先日もお久さんに向かって妙なことを言いましたけど、病で気が高ぶるんでしょうか、あんな調子が昼と言わず夜と言わずですからね。疲れちまいまして。何もかも止して、江戸から出たいななんて思うこともありますよ」

「そう……。どこか行くあてがあったりするの」

「なくもないんです。下総《しもうさ》に知り合いがありまして」

「あら」

お久が目を輝かした。

「私も下総に行こうかなって思っていたところなのよ」

「ええ？　一人娘のお久さんが家を出ちゃまずいでしょう」

そう言うと、お久はまるで小さい子のように首をぶんぶんと振った。

「うち、おっ母さんが……」

誰かによほど聞いてほしかったのだろうか。お久は堰《せき》を切ったように話しはじめた。目をくるくると動かしながら、大きな身振り手振りを交えながら、お久は生母がずいぶん前に亡くなったこと、今家にいるのが継母で、自分とはどうしても折り合いが悪いことなどを打ち明けた。

「何かにつけて気に入らないのね、私のこと。しょっちゅう抓《つね》られたりぶたれたりするから、家にいるのがどうしてもいやで」

他のお弟子が来なくなってもお久だけは稽古に来ていたのは、芸熱心というよりは、家にいたくなかったからだったらしい。「お師匠さんが厳しいと言っても、おっ母さんの折檻《せっかん》に比べたら全然平気だもの」とお久は笑った。

「それで、下総の知り合いっていうのは」

「羽生村《はにゅうむら》に伯父さんがいるのよ。父の兄」

「じゃあ、お父っつぁんは羽生村の出なんですね」

だから羽生屋か。故郷の村の名を屋号にしたということらしい。

伯父にこっそり手紙を出したら、「そんなに継母と折り合いが悪いなら、こっちへ来れば良い」と返事が来たという。

――羽生村。羽生村……。

どこかで聞いた地名だと思い、気がついたところで新吉はいやな気分になった。

――〈累《かさね》〉のゆかりの地じゃないか。

芝居や浄瑠璃《じょうるり》にもなっているが、もとは確か『死霊《しりょう》解脱《げだつ》物語《ものがたり》聞書《ききがき》』という実録もので、坊さんが書いた本だ。執念《しゅうね》く祟《たた》る女の死霊を、祐天《ゆうてん》という坊さんが力を尽くして成仏させていく話で、だいぶ古い、元禄《げんろく》とかいう頃に出たものらしい。今でも根強い人気があって、以前貸本屋に奉公していた頃はけっこう何度もあちこちに貸した。

新吉自身も読んだことがあるが、腫れて出っ張った額、目の潰れたような顔の累を、夫の与《よ》右衛門《えもん》が川へ沈めて殺すところなど、一度見たらまず忘れられない、気味の悪い挿絵も多かった。

――ああ、まるで〈累〉だ。いやだいやだ。

富裕な暮らしに惹かれて婿《むこ》に入ったものの、妻の醜さに耐えかねて殺してしまう与右衛門。

ふっと豊志賀の面影が目にちらついて、いっぺんに気分が陰気になる。

看病もせずにほかの女と、しかも選《よ》りに選ってお久と、こんなところでこうして差し向かいでいると分かったら、いつにもまして泣いたりわめいたり、きっとただでは済まないだろう。

――いったいいつまで、あの女に縛られていなきゃいけないんだ。

せっかくお久と話して、ふわりと温かくなりかけた心持ちが、水たまりに落ちた紙風船みたいに、べしゃりと潰される。

「お久さんと駆け落ち……なんて。あはは、すみません、言ってみただけですよ」

「新吉さん……」

お久の目が急に熱を帯びたように潤んで見えた。

「そんな心にもないことを言って、からかっちゃいけません。おまえさんがお師匠さんを置いていけるわけないじゃありませんか。義理の悪い」

「それはそうですけどね。でも」

新吉は正面からお久の顔をじっと見た。

――かわいい顔だな。

こういう邪気のない顔を、屈託なく眺めるような暮らしがしたい。

「お久さんが、本当にいっしょに行ってくれというなら、私にだって覚悟はありますよ」

「本当かしら」

あんまり見つめられて決まりが悪くなったのか、ふっとうつむいたお久が、畳にのの字を書いている。

「本当ですよ」

「お師匠さんが……、豊志賀さんが野垂れ死にしても？」

「ええ。構いません」

お久がきっと目を上げて、いきなり新吉の胸ぐらをつかみ、顔をぐっと近づけてきた。

「そう。おまえさんは、たいそう不実な人だねえ」

女の顔からえくぼが消え、代わりに目の下にぽつっとできものができたと思うと、みるみる赤紫色に腫れ上がった。腫れは次第にじくじくとした膿をしたたらせながら広がり、ふくらんで、右の目を下から潰していく。

「わああっ」


女を突き飛ばし、転げ落ちるように鮨屋の二階を出て、どこをどう走ったか、まるで分からぬまま、新吉は大門町《だいもんちょう》まで来た。

「伯父さん、伯父さん、伯父さん……」

伯父宅の玄関はもうぴったり締まりがされていて、新吉はひたすらにどんどん叩《たた》き、わめいた。

——早く。早く開けてくれ。殺される。

「おいおい、なんだ騒々しいなあ」

ぜいぜい言っている新吉を、伯父は苦い顔で迎え入れた。

「おまえ、あんなにお世話になっておいて、今日、師匠をほっぽり出してどこ行ってたんだ」

なぜそんなことを伯父が知っているのか。

「だいたい、俺ん家なんぞこんな貧乏だってのに、親のないおまえが良い着物を誂《あつら》えてちゃんと四角な帯を締めて羽織まで着て、そこらでいっぱしに扱ってもらえるのは、誰のおかげだい、この恩知らずめ。さっきからここで豊志賀さんがきちんと筋を立ててお話しくだすってる。まったく有り難《がた》い話なんだから、ようく承れ、この大馬鹿が」

――さっきからここで？

おそるおそる座敷へ上がってみると、奥の障子の向こうに、寝間着の上にどてらを羽織った姿で、確かに豊志賀が大儀そうに座っていた。

「泣かせるじゃねえか。〝おまえとの仲はすっぱり切る。ただ、できれば看病だけは続けてほしい、身体さえ元に戻ればきっとお弟子も戻ってこようから、おまえがいずれ誰かと所帯を持つなら、母とも姉ともなって、手切れ代わりに少しずつ援助もしよう〟。ここまでおっしゃってくださってるなんて」

「そ、そんな」

本当だろうか。そんな都合の良いこと。

「ごめんよ、新吉さん。病の上とは言いながら、ずいぶんつらく当たっちまったね。どうか、この通りだよ。もし先々所帯を持ったら、夫婦で親孝行するつもりで死に水だけでも取っておくれでないかねぇ」

豊志賀は半身を柱に預けながら、袖を顔に押し当ててさめざめと涙をこぼしている。

「ほら。自由にならねぇお身体で、ここまで駕籠《かご》に乗ってくるのだっておつらかったろうに。ともかく、ちゃんと養生してもらって、その上で改めて手切れの話はしようじゃないか。師匠、もう絶対にこいつに不実な真似はさせねえから、どうぞ一つ今日のところは」

新吉が半信半疑で伯父と豊志賀の話を聞いていると、「駕籠《かご》屋でぃ。どちらへつけましょう」と表で声がした。

「ああ、駕籠屋さん。ぐるっと回って、裏の土間へつけてくれるかい。そうしたら病人をあんまり歩かせずに乗せられるから」

伯父が駕籠屋に指図している間に、新吉は豊志賀にそっと声をかけた。

「師匠、来る時、途中でどこかへ寄ったりしなかったかい」

やぶ蛇かと思ったが、そう問わずにはいられなかった。

「まさか。こんな身体でどこへ寄るというんだい」

答える声が消え入りそうに弱々しい。確かにこれでは、鮨屋の二階などに来られるはずもなかろう。

「新吉、何をぼやぼやしているんだ。おまえ、ちゃんと駕籠についていきねえ。師匠、駕籠《かご》はあんぽつを呼んだからね。さっきみたいに四つ手じゃ、人目に立つわ揺れるわ、あんまり気の毒だ。さ、お乗んなさい。駕籠屋さん、病人なんでね、そっとやっておくれ」

豊志賀の身体が駕籠の中に納まった。伯父が引き戸を閉める。

「ごめんなさいよ。新吉さんはこちらに来ていませんか」

表で声がした。姿を見せたのは、豊志賀の家の近所に住む善六《ぜんろく》という男である。

「新吉さん、捜したよ。困るじゃないか、こんな大事な時に外出《そとで》をしているなんて」

「すみません。何かありましたか」

「何かありましたかじゃない。おまえさんのいない間に、師匠が息絶えてしまったんだよ」

「いやだなあ善六さん。人の生き死にで冗談を言っちゃ」

新吉の返事に、善六が明らかにむっとした。

「何を言ってる。さっきうちの嬶《かかあ》がお見舞いに行ったら何の返答もない、灯りも点《つ》いていないから、新吉さんもいないのかと思って提灯を持ったまま中へ入って布団を見たら師匠はいない、なのにあたりは血の海だって、肝を潰して逃げ帰ってきたんだ」

善六は思い出すのも恐ろしいといった様子で何度も肩を揺すりながら言った。

「そりゃあたいへんだってんで何人かでもう一度行ってみたら、台所の流しにつんのめるようにして、そのまま息絶えているじゃないか。気の毒に」

声を聞きつけて伯父がやってきた。

「なんだい、どなたかお客さんかい」

「それが。ご近所の方が、師匠が亡くなったって知らせを」

「馬鹿言っちゃいけない。さっきからうちにいなさるものを。今、駕籠にお乗せしたところじゃないか」

それを聞いて善六の顔色が変わった。

「新吉さん。肝心な時におまえさんが留守になんぞするから。魂が身から離れて、ここまで追ってきなさったにちげぇねえ。うわあ、なんてこった。南無阿弥陀仏、南無阿弥陀仏……」

気味悪く思っていると、伯父が声をいくらか荒立てた。

「人聞きの悪い。これからお送りするんじゃねえか。おい、新吉いっしょに来い」

伯父について裏へ行き、出ようとしている駕籠屋を「ちょっと」と止める。

新吉は「師匠」と声を掛けながら、駕籠の引き戸を開けた。

――いない。

腰が抜けそうになる。

「お、伯父さん。師匠、いない」

伯父ものぞき込み、「うーんこりゃあ」と唸った。

「しょうがねえ。おまえが大事な時に出歩くからいけねえ。ともかく、表へ出ろ」

新吉を連れて表へ回った伯父は、善六に「すぐにこいつを連れて私も参りますので、まずはお引き取りを」と丁寧に挨拶をした。

「まったくなんてこった。ともかく締まりをしてすぐに行かねえと。駕籠屋には駄賃をやって帰ってもらおう」

伯父が「南無阿弥陀仏、南無阿弥陀仏……」と唱えながら裏へ行くと、駕籠屋が「どちらまで行けばよろしいんで」と尋ねてきた。

「いや、もういいんだ。すまねぇな」

「でも、中にお女中いらっしゃいますよね。お疲れなのか、お休みになってしまったようだが」

「あ、いや、いないんだ。悪かった。これで勘弁しておくんな。少ないが酒手《さかて》だ」

「そうですかい。おかしいな、確かに中に……」

駕籠屋が担いだ駕籠が重そうに揺れた。

「ほら、重い。乗っていらっしゃるじゃないですか。からかっちゃいけません」

新吉はまさかと思いながらもう一度引き戸を開けた。

――いない。

「だ、誰もいませんよ」

駕籠屋はのぞき込んで「あれ、本当だ」と気味悪そうにつぶやいた。

「おかしいな。確かに今、人の重みだったはずなんだが」

妙な顔をしながらも、駕籠屋は今度は軽々とあんぽつを担いで帰って行く。

震える手でなんとか戸締まりをした新吉は、伯父とともに七間町《しちけんちょう》へと向かった。

既にとっぷりと日が暮れている。

「おい。提灯を持っているやつが後ろを歩くなよ。暗いじゃないか」

「すみません……。ねえ伯父さん」

言われたとおり前へ出て歩いていると、後ろの伯父の足音までがなんとなしに恐ろしく、つい声をかけてしまう。

「やめろ。黙って歩け。何も言うな。まったくこんな恐ろしい思いをするのははじめてだ。冗談じゃねえ。おまえが師匠を置いて出かけてきたりするからこういうことになったんだ」

それはそうなのだが。

鮨屋で見た顔。あれはお久……、いや、まぎれもなく、豊志賀の顔だった。

そして、さっき伯父の家で見た顔。それから、駕籠の中にいた顔……。

「伯父さん」

「うるさい。黙って歩けと言ってるだろ」

七間町へ戻ると、わらわらと近所の人も加勢に来てくれていた。

「新吉さん。やっぱりおまえさんが身体を拭いてあげなせえ」

おそるおそる、布団に寝かされている豊志賀を見る。着ている寝間着は、さっき伯父の家で見たのと同じ、いつもの鼠色の小紋だった。見たのと同じ、いつもの鼠色の小紋だったが、血で真っ赤に染まっていた。

「よほど苦しかったんだろうよ、自分で自分の喉を、剃刀《かみそり》で掻《か》き切るだなんて」

手の力もなかなか入らなかったのだろう、ざっくり切れた大きな傷のまわりには、小さな傷がいくつもついていて、死の間際の苦痛のほどが思い知られる。

「南無阿弥陀仏、南無阿弥陀仏……」

誰からとなく唱える念仏の響く中、生きていた時にはとても正視できなかった顔を、新吉は改めて見た。

――許してくれ。

新吉は思わず目を閉じ、手を合わせた。

赤紫色に腫れた右頰。膿はもう乾いていたが、何より恐ろしいのは、生きていた時には潰れていた右の目が、かっと見開かれていたことだった。

「ここへみんなで寝かした時は、左目だけ開いていてね。そっと撫でて、閉じてあげたんだけど……」

善六の女房が気の毒そうに、でもいくらか気味悪そうに、豊志賀の顔と新吉の顔を交互に見ている。

「時が経《た》ってきたら、今度は右だけ開いてきて。こっちは、どんなに撫でてあげても閉じないんだよ」

――頼む。許してくれ。

震える手で、新吉が豊志賀の死出の旅支度を調えてやっていると、以前の弟子たちが少しずつ集まり始めた。

「亡くなっちまうとはな……」

両親にも妹にも先立たれて、ほかには身寄り頼りのない人なので、通夜と葬儀は町内で世話をし、新吉が内弟子として喪主の真似ごとをして、どうにか送り出すことになった。

豊志賀の遺骨は、小石川戸崎町《こいしかわとざきちょう》の青松院《せいしょういん》に葬られた。

寛政六（一七九四）年八月二十六日。豊志賀が死んで、三七日《みなのか》、二十一日が経った。

「新吉、くれぐれも供養は懇《ねんご》ろにな」

「は、はい……」

「七日ごとの墓参りは欠かすな。なんなら四十九日までは毎日でも行くと良い」

伯父の言わんとすることは分かるが、新吉にしてみれば、墓参りどころか、青松院へ近づくことすら、本当は恐ろしい。

――伯父さんには、今更言えないし。

鮨屋での一件と、もう一つ、豊志賀が亡くなった布団の下にあった書き置きの一件は、新吉の胸一つに仕舞ってある。

――あんな恐ろしい書き置き。

人には到底見せられず、かといって懐に入れておくのはもっと気味悪く、おろおろと思案した挙げ句、葬連が出る折、こっそり棺《かん》桶《おけ》の中へ入れてしまったのだ。

――遅くなってしまった。

墓参りはできるだけ明るいうちにと思っていただのが、伯父の手伝いになかなか区切りが付かなかった。

――おや、先客だ。

お弟子の誰かだろうか。ずいぶんたくさん花をあげてくれてある。

「あら、新吉さんじゃありませんか」

お久だった。葬儀には来ていたが、もちろんゆっくり話をする暇などはなかったから、まともに口を利くのはあの鮨屋の一件以来である。

「お師匠さんは、お気の毒でしたね。新吉さんも、さぞお力落としでしょう」

「ええ、まあ、どうも弱りまして……」

鮨屋の一件をお久がどう思っているのか、探り探り、もごもごと答える。

「あの日は新吉さんいきなり帰ってしまったからどうなすったかと思ったけど。あとで思えば、お師匠さんが亡くなったのはあの日だものね、きっと何か虫の知らせでもあったのかなって」

——虫の知らせ。

にしては、面妖すぎる。

とはいえ、お久が気を悪くしていないようなので、新吉はいくらかほっとした。

「すみませんでした。ご挨拶もせずに」

「いいえ。出てきたお鮨は折り詰めにして持ち帰らせてもらいましたから。……ところで新吉さん。ここでこうしてお目にかかれましたのは、きっとお師匠さまのお引き合わせでしょうから、正直に申しますけれど」

またお久の面相が変わったらどうしよう。新吉はいくらかどきどきしながら話を聞いた。

「お師匠さまが亡くなってから、うちのおっ母さんの折檻がどんどんきつくなって」

「それはまた、どうして」

お久は言いにくそうに口ごもった。

「その……。お師匠さまが亡くなった時にお一人きりだったのは、おまえと新吉さんとの間に何かあって、そのせいで、お師匠さまが新吉さんのことをなじるか叱るかしたからなんじゃないのかって、妙な勘ぐりをしてくるようになって。そんなことはないと言っても、聞く耳持たずでひっきりなしに手を上げられるんですよ。お父さんはおっ母さんの言いなりだし、もう到底あの家にはいられないと思って。ほら、腕なんてこんなにされて」

腕の内側に紫色の痕がいくつもある。継母が抓《つね》るのだという。

「そ、それでどうなさるので」

「下総の親類のところへ行こうかと。ただ、やっぱり一人で行くのは心細いし」

「私で良ければ、いっしょに行きましょうか」

そう言ってしまって、はっとする。

――伯父さんになんと言われるだろう。

今でも、豊志賀のことで恩知らずと叱られ続けているのだ。四十九日も済まぬのに、ほかの女と江戸を出るなどと言えば、きっとただでは済むまい。

「本当？　新さんがいっしょに行ってくれるのなら心強いわ。向こうへ着けば、必ずおまえさんの身の立つように頼めるあてもあるから、どうぞ連れて行ってくださいな」

お久が小首を傾げて上目遣いに新吉を見た。

「分かりました。じゃあ、どうしましょう」

「ここからすぐに出立しましょうよ。私、本当に、もうほんの半時だってあのおっ母さんのそばはいやなの」

こちらの手を取って駆け出さんばかりのお久に、新吉ももう「これでいい、何もまた伯父さんに怒られに帰ることもない」と、心を決めてしまった。

その日はどうにか松戸《まつど》まで歩いてそこで一晩泊まり、翌早朝に、鰭ヶ崎《ひれがさき》、流山《ながれやま》を経て水海道《みつかいどう》まで来た頃には、既に夕刻になっていた。

「あのう、すみません。羽生村というのは」

近在の百姓らしき人に尋ねると、川の向こうはもう羽生村だという。

「じゃあ今日のうちに着いてしまえるわね」

目を輝かせて言うお久だったが、新吉はちょっと戸惑った。

「しかし、今着くと、先方はきっと夕餉時分じゃありませんか。そういうところへ行き合わせるのも気まずいですから、どこかで飯を済ませてから行きましょう。もし、どこかに飯屋はありませんか」

お百姓から「糀屋《こうじや》」という店を教えられて、二人は簡単な夕餉を取った。店の主人に羽生村への道筋を聞くと、「土手沿いに回って行くと近い」と教えてくれたが、一方で「おまえさま方も累さまの墓を見に行きなさるのか。江戸の人は酔狂だねえ。そうそう、その辺があの累ヶ《かさねが》淵《ふち》だよ」とも言われたので、新吉は「ちがいます」と打ち消しつつ、いやな気分になってしまった。

——余計なことを教えてくれなくてもいいのに。

主人はこちらが若い女連れなので、やっかみ半分で、からかってでもやろうと思ったのだろう。「累は鎌で殺されたって思ってる人が多いんだが、お寺に伝わる本説によると河原の砂に顔を押さえつけられたってのが本当なんだよ」などと、聞きたくもないことをあれこれとしゃべる。

「お久さん、行くよ」

「え、ええ。でも、なんだか怖いわね」

「あんな話、まともに取り合っちゃだめですよ。私たちにはかかわりないことなんですから」

お久の手を取って歩き出すと、「ぽつっ」と頬にかかったものがある。

「まずい、雨ですね。参ったな」

折から月もなく、田舎のことであたりは墨を流したような闇。雨はどんどん激しくなり、遠雷と稲妻まで連れてきて、新吉はすっかり弱気になってしまった。

――なんてことだ。

ともかく早く着く以外にない。

「さ、お久さん。早く」

「ええ、でも足が滑って……あ、痛っ」

しゃがみ込んでしまったまま、お久が動かなくなってしまった。

「どうしたの」

「何か堅いものの上に膝をついてしまったみたいで。痛い」

お久の膝を手で探ってみると、ぬるぬると生暖かいものが触れる。

「こりゃあずいぶん血が出てる。いったい何の上に転んだかな」

稲妻が閃《ひらめ》き、地面の上で何かが光った。

「草刈鎌じゃないか。こりゃあ痛いに決まっている」

お久の傷口を手ぬぐいでどうにかこうにか縛り、肩を貸す。負ぶった方が良いのだろうが、二人分の荷物が背にあって、そうもいかない。

「さ、しっかりつかまって」

片脚を引きずり引きずり、お久が歩くのを支えてなんとか、お久の伯父だという三蔵《さんぞう》の家を目指す。

「ね、新吉さん」

「なんです」

「私たち、ちゃんと夫婦になれるかしら。心配になってきちゃった」

「当たり前でしょう。何を言っているんです」

女というのはなぜこう、突拍子もない時に突拍子もないことを言うのだろう。

「でもおまえさんはいい男だし、浮気者だし」

「おい、何を言っているんだ。これからいっしょになろうっていうのに」

なぜこう、面倒くさいことを出し抜けに言わずにはいられないのか。

「だって、きっとおまえさん、あたしを棄《す》てるもの」

「何言ってる。わけの分からないことを。棄てたりするもんか」

「こんな顔になっても？」

稲妻がまた閃《ひらめ》いた。お久の顔にぽつっと雨が当たったかと思うと、それはすぐに紫色の染みになって腫れ上がり、まぎれもないあの豊志賀の顔へと変わった。

「うわぁ。あっちへ行け、あっちへ行け、この化け物」

むちゃくちゃに腕を振り回すと、手の先にざくりと深い手応えがある。

――え？

うーんとうなり声を上げた豊志賀はそのまま地面に倒れこんでもがき、喉からは血がどくどくと流れ出していく。

「新さん。ひどい、ひっ」

こちらへ伸ばされた腕がばたりと力なく下ろされた。顔はもとのとおりのお久である。

――なんてことだ。

「お久。お久」

どう抱き起こしてみても、事切れているのは明らかだった。

――だめだ。逃げよう。

「済まない、お久」

車軸を流したような雨が容赦なく新吉の身体を叩きつける。

ともかくその場を離れようと歩き続けていると、一軒、微《かす》かに灯《あか》りの漏れている家がある。

「ごめんください。申し、ごめんください」

「誰だい」

「江戸から参った者で。急な雨で難儀をしております。こちらで雨宿りをさせていただくわけには参りませんかね」

「ふうん。まあお入んなせえ。締まりはしてねえだに」

中へ入って、男に一夜の宿を請うと、男は「自分はこの家の主人ではないから、主人が戻るのを待て」と言う。

ほかに人家も見当たらないので、ともかく新吉はそこで待たせてもらうことにした。

「ここの主人は、どういうお方で。ずいぶんお帰りが遅いようですね」

「道楽者でな。今日帰るか明日帰るか、ひょっとすると二、三日ぐれえ帰らねぇこともある」

それならそれでここで夜明かしさせてもらおうと腹をくくっていると、がらりと戸が開いて、ずぶ濡《ぬ》れの男が入ってきた。

「よう清《せい》さん、来ていたのか」

「やあ、甚蔵《じんぞう》さんお帰り。雨止みを待たしてもらってたんだ」

「おう、そりゃあ構わねえが、そっちの男は誰だ」

「私は江戸から参りまして。この雨に難儀をしております。どこでも良いので、一晩置いていただくわけには」

「食い物も布団も何にもねえが、それで良きゃあ、いるがいい」

「ありがとう存じます」

新吉がほっとしていると、先にいた男が「帰る」と言い出した。

「やめとけよ。朝になってからにしな」

「なぜだい」

「さっきそこの土手で人殺しがあった」

甚蔵は顔をしかめた。

――見られた？

囲炉裏《いろり》で燃える粗朶《そだ》の火が、甚蔵の顔をちらちらと照らす。

「賭場に手が入ってな。追っ手をやり過ごそうと藪《やぶ》に伏せてたら、どう聞いても断末魔の女の悲鳴だ。そおっと顔を上げてみたら、男が女の死体を放り出して逃げてくとこだった。おおかた、女が大金でも持ってたんだろう」

「強盗かい、物騒だな。なら、夜が明けてからにしよう」

「ああ、それがいい。江戸のお人、よく人殺しと出くわさなかったね」

自分と知って、わざと言っているのだろうか。

新吉が何も答えないでいると、甚蔵はいきなり囲炉裏の前に刃物を突き出した。

――それは。

「なんだよう、危ねえなあ」

「どうもこいつで女を殺したらしい。自分の得物を使わねえところがかえって狡《ずる》いや」

赤黒い血の痕が見える。

――なぜそれをここへ。

甚蔵というその博打打ちの真意が分からぬまま、男三人の雑魚寝で夜を明かすことになった。

――ああ、なんてことだ。

やはりあの書き置きは。

甚蔵も清さんと呼ばれた男もぐうぐうと寝息を立てているが、新吉はとても眠ることなどできない。目に浮かぶのは豊志賀の棺桶に忍ばせた書き置きの文面ばかりである。

……心得違いにも、弟か息子のような年下の男と深い仲になり、これまで親切を尽くしたが、
乱れた筆跡。膿と涙の混じったような、濁った染みのついた書き付け。

……かように不実な男とは知らず、
あの日、たまたま、あの日だっただけじゃないか。

……この後女房を持てば七人まではきっととり殺すからそう思え。

濡れた身体はさっき十分囲炉裏で乾かしたはずなのに、なぜか総身が湿ったように冷え、ぶるぶると震えが来る。

――お久。すまない。

しかし、これからどうしよう。やはり江戸へ戻るしかないだろうか。

やがて白々と夜が明けてくると、最初にいた男は「じゃあ」と去って行った。

「わ、私も」

「待ちねえ」

ドスの利いた声に、思わず飛び上がりそうになる。

「そんなにびくつかねえでいいよ。おれは博打打ちだが、手荒な真似はしねえから。ところでおまえさん、この先、どこへ行きなさる」

「どこと言われましても」

「どうだい。ここでこのまま暮らさねえか」

思いもかけぬ言葉だった。いったいどういうつもりだろう。

「おれも元は江戸っ子なんだ。まあ成り行きで三年ほど前からここに流れ着いているんだが、この田舎で一人ってのは何かと不便でなあ。おまえさんここで留守番がてら、小商いでもしねえかい」

底意は分からない。ただ、お久を殺したのを悟られているのかどうかだけは、どうしても確かめたい。

「どうも田舎の人たちとは言葉も気質も合わねえとこがあって。おまえさんのようなもの柔らかそうなお人が、いっしょにいてくれればありがてぇんだが」

江戸へ帰ったってまた伯父に叱られて暮らすばかりだ。お久は死んでしまったが、案外ここには縁があるのかもしれない。

「へえ。わたしも身寄り頼りのない者で、そうおっしゃっていただければ助かります」

「そうか。じゃあ決まりだ。兄弟分ってことにしようぜ。近在の者に何か尋ねられたら、甚蔵の弟分だと答えるが良い。そうしたら誰からも手出しはされねえから」

「ありがとうございます」

甚蔵が湯飲みに番茶を注ぎ、半分飲んで新吉の前に押し出した。

「酒がなくってしょうがねえが、これでも固めだ。さ、飲みねぇ」

なんだか妙な気もしたが、喉も渇いていることだし、まあいいだろう。

新吉が番茶を飲み干すのをじっと見ていた甚蔵は、低い声で「よし、ところで」と言った。

「おまえだろう。土手で女を殺したのは」

「な、何をいきなり」

「とぼけるなよ。兄弟分だろう。隠し事はなしにしようぜ」

「知りませんよ」

「隠したってだめだ。鎌を出した時、おまえの顔が変わったのをおれは確かに見た」

「ご冗談を」

新吉が慌てて外へ出ようとすると、ドスの利いた声が「待ちねえ」と言った。

「何も訴人《そにん》しようってんじゃねえよ。そんなことをしたって、おれには何の得にもならねえしな。……あの女から、いくら盗った」

どうやら金目当てだったらしい。

「何を訳の分からないことを。知りませんたら」

「おかしいじゃねえか。よし、どうしても言わねえなら、ふん縛ってこの鎌といっしょに代官所へ突き出してやろうか」

この様子ではとても逃げられそうにない。観念した新吉は、お久を殺すに至ったいきさつをあらかた、甚蔵に打ち明けた。

「なんだ、とんだ痴話げんかだ。そいじゃあおまえ、本当に文無しか」

「ええまあ、このとおりで」

新吉が財布を開けてみせると、甚蔵は心底がっかりした顔になった。

「しょうがねえな。これも何かの縁だ。行くところがないなら、当分ここにいるがいいや」


甚蔵の家は、村はずれの土手下にある一軒家だった。家の前は、天秤棒を担いだ百姓衆たちがよく往来する。みなたいてい話し声が大きいので、村の噂話《うわさばなし》がよく聞こえてくる。

甚蔵はふらっと出かけていっては、博打で稼ぐのかいくばくか小金を置いて行く。

ぼつぼつと語ったところでは、江戸者と言っても捨て子なので、本当の氏素性や親兄弟のことは、己《おのれ》でもまるっきり分からないのだそうだ。

「本郷《ほんごう》の菊坂下《きくざかした》で、豆腐屋の前に捨てられてたんだそうだ。犬っころみてぇにあっちこっち尻尾振りながら、なんとか大きくなったのさ」

その日その日、当てにならない暮らしをしているうちに、博打に絡んで江戸にいられなくなり、流され、吹き寄せられての今だという。

新吉は留守番がてらに、家の前に駄菓子やら浅草紙なんぞを申し訳程度に置いて一応商いの体《てい》を取り、あとは近所の煮売屋でお菜をちょっと買い、飯を土鍋で炊いたりする。甚蔵が帰ってくればいっしょに食べ、そうでなければ一人で寝起きしている、というような、気ままで奇妙な男二人の暮らしが始まって、しばらく経ったある日のことである。

「今日はだいぶ婆さまが通るがどこへ行くだ」

「三蔵どんのとこで法事があるで」

「法事？　誰ぞ死んだっけ」

「こないだ川から上がった、若い娘っこの死体。あれをだんだん調べていったら、実は三蔵どんの姪っ子だったらしい」

「姪っ子？」

「ああ。なんでも江戸におったんだが、おっ母さんが継母で、苛《いじ》められてつらいから伯父さんのとこへ行きたいって手紙よこしてたらしい。気の毒に、途中で強盗に遭っちまったってことだなあ」

新吉は思わず聞き耳を立てた。どう聞いてもお久のことだろう。

「亡骸を三蔵どんが引き取って、お弔《とむら》いも出してやったらしい。今日が初七日で、お寺で法事をするんだと。三蔵どんの法事なら、久しぶりにええおまんま食えるって婆さま方、喜んで行きやしっけ」

二人の百姓の話はまた別の方へ移っていったが、新吉はたまりかねて、二人に声をかけ、それとなくお久の葬られた寺の名を尋ねた。

「法蔵寺《ほうぞうじ》さまてえ寺だ。累さまの墓のある寺と言えばすぐに分かる」

百姓は特に怪しむでもなくそう教えてくれた。

――せめて墓参りを。

思い立って出かけてみたものの、墓所は広く墓は数多くあって、どれがお久の墓なのか、見当もつかない。寺の誰かに尋ねようかと思ったが、何か怪しまれでもしたらと思うと、そんな気にはなれなかった。

線香と花を持ったまま、思案に暮れていると、「鄙《ひな》には稀《まれ》な」という言葉がまさにぴったり当てはまるきれいな娘が、下女らしい年配の女に付き添われて通りがかった。

「お嬢さま。お久さんの墓はこちらです。かわいそうに。結局、一度もお嬢さんとは会えないままになっちまいましたね」

「ええ、そうね、気の毒に」

お久の縁者だろうか。

「あの、もし」

声をかけると下女が「なんです」と言った。

「いえ、あの、こちらは、先日川縁で殺されたという娘さんのお墓でしょうか」

「ええ、そうですけど。おまえさん知り合いかい」

「いえいえ……」

新吉は慌てて取り繕う言葉を探した。

「その、その方の墓前から樒《しきみ》の葉を三枚ちょうだいして、その代わりお花を供えれば、と、富くじに当たると、辻占《つじうら》で言われましたもので」

「へえ、変わった辻占だね。まあそれならどうぞ」

娘の方は黙ってこちらをじっと見ている。

――しかし、いい女だな。

お久に似ているが、こちらはさらに鼻筋が通って色白で、垢抜けている。従姉妹か何かだろうか。

「お嬢さまは、おひ……じゃない、この亡くなった娘さんのお身内ですか」

「ええ。歳は同じくらいなのですけど、私には姪に当たる人だと聞いています。きょうだいで、末っ子の私一人、歳が離れているもので」

「そうですか」

なんとなくその娘とそのまま別れがたく、また娘の方でもいっこうに立ち去ろうという様子のないままでいると、「ひっ」と悲鳴を上げて、娘が新吉の腕にすがりついてきた。

――おやおや。

みれば、お久の墓前の樒から、蛇がこちらに向かってぬっと鎌首をもたげており、まるで娘を獲物と思い定めているかのようである。

「あれまあ、でっけえ蛇《くちなわ》だねえ。お嬢さまは田舎に慣れねえから、恐ろしかろう」

下女が持っていた柄杓《ひしゃく》で樒の枝を何度か払うように叩くと、蛇は大人の男の親指よりも太い頭を、むっくりと揺らして、ようやく茂みへと姿を消していった。

「おまえさん、この辺のお方じゃないね、お江戸から来なすったか」

「はい、江戸の者で。ちょっと由縁《ゆかり》がありまして、今は土手の甚蔵さんの家で世話になっております」

「土手の甚蔵、そりゃあまた悪いやつのとこに。でもおまえさんは様子のええお人だに、良かったらお嬢さまのとこへ遊びにおいでなせえ」

「これ、いきなりそんなこと、ご迷惑よ」

娘の顔に朱が挿した。下女はさらに言いつのった。

「お嬢さまは長らく江戸へお屋敷奉公に行ってて、近頃お帰りになっただが、このあたりでは話のできる人もいねえってお寂しがっていなさるで。良かったら」

ぽつり、ぽつり、雨が降り出した。

「おやおや、これはいけないね。傘をお寺で借りて参りますから」

ほどなく戻ってきた下女が借りてきた番傘は一本だけだった。

「あら、一本しかお借りできなかったの」

「へえ。あいにくみな出払ってるって言われてしまって。すみませんが、お二人でこれを」

新吉は相合い傘で娘を屋敷まで送ることになった。

――良い香りだな。

豊志賀にもお久にもついぞなかった、上等の香りだった。

「うちは質屋で、兄は三蔵と申します。どうぞ良かったら、お近いうちに」

別れ際に聞いた鈴を振るような声は、新吉の耳に染み通り、そのまま胸のうちにしまい込まれることになった。


そんなことのあった翌日、いつものようにふらりと出かけていった甚蔵が、にやにやと上機嫌で帰ってきた。

「なんか、良いことでもあったんですか」

「ふふん。ほれ」

懐から小判がばらばらと出て来て、新吉は仰天した。

「どうしたんですか、こんな大金」

ざっと見て二十両はある。

「あの鎌を、質屋へ持っていったのさ」

「鎌って、まさか」

「おうよ。おまえさんの使ったあれだ」

「それがなぜこんなお金に」

「なあに。頭と刃物は使いようだ」

甚蔵の語ったところでは、あの草刈鎌の柄には山形に三の字の焼き印が押してあったのだという。

「あの質屋はな。先代が三《さん》右《え》衛門《もん》、今の旦那が三蔵。で、店の印にはこれを使ってる。だからあの鎌はもともと、あの店のってことだ」

それは分かるが、それでなぜ二十両なのか。

「これを見せてな。〝これはあの姪ッ子の殺されてたっていう場所に落ちていたもんだ。このとおり血糊がべったりついてる。これを代官所に届けたらどうなりますかねえ〃って言ってやったのさ」

「でも……」

「もちろん、やったのはあそこの由縁の者じゃないことは分かってる。なにせ、本物の下手人は」

甚蔵が唇を片端だけ上げて笑った。人殺しの自分が言うのもなんだが、つくづく悪党の顔だと新吉は呆《あき》れた。

「だがな。あの家だってたぶん、叩けば何か埃《ほこり》が出るにちげえねえとおれは睨んでる」

悪党には悪事の勘か。

「聞いた話じゃ、あすこの隠居、先代の三右衛門ってのが江戸の旗本に奉公に行って、そこから暇をもらって帰ってきてから、あの家は急に金回りが良くなったというんだ。ずいぶん前の話らしいが」

「旗本？」

「おうよ。先代は〝暇金をはずんでもらった〃なんて言ってたそうだが、このご時世にそんな気前の良い、富裕な旗本なんぞあるもんか。絶対後ろ暗い金に決まってる。だからきっと探られたくない腹があろうと思ってな」

お久や、先日会った、三蔵の妹だという器量良しの娘のこともあり、新吉もつい興味深く聞いてしまう。

「そうなんですか。でも質屋っていうのは目利きが必要でしょう。いきなりできる商売じゃないですよね」

「ああ、だから最初は田畑を買ったらしい。七、八十石もあるっていうから相当だ。で、あの三蔵を、谷中《やなか》の質屋に奉公に行かせたんだそうだ」

谷中の質屋。

確か豊志賀の妹は、谷中の質屋、下総屋《しもうさや》に奉公していて、殺されたと言っていなかったか。

——まさか。

質屋ならほかにも何軒もある。いくらなんでも因縁を気にし過ぎだ。

「そ、その店、なんて店ですか」

「さあ、そこまでは知らねえが。ともかく、三蔵がその店で番頭まで勤め上げて戻ってきて、今の大店《おおだな》だ。どうもうまくやってやがる。まあそれでも、こっちの狙いは存外はずれちゃいなかったらしくてな。〝実は手前の方で死なせておいて、世間体が悪いから死骸《しがい》を引き取ったなんて、妙な噂を立てられたくないでしょう〟って言ってやったら、黙って二十両で買ってくれたってわけだ」

甚蔵は小判のうちの二枚だけ、新吉にくれた。

「これは駄賃にやるよ。好きに使いねえ。おれは一勝負行ってくる」

一人になった小屋で、新吉は思わず念仏を唱えずにはいられなかった。

甚蔵が「ちぇっ、つかねえ時は何をしてもだめだ」と言いながら戻ってきたのは、それから三日も経ってからだった。

「もうちょっと三蔵にふっかけてやれば良かったぜ、まったく」

「よしてくださいよ」

そんなことをして、逆に代官所へでも訴え出られては、新吉にもまたどんな目が向いてくるか分からない。

「ごめんなせえ。甚蔵どんはおいでなさるかね」

この家には珍しく、丁寧にものを言う男が訪ねてきた。

「なんだ珍しいな、作右衛門《さくえもん》さんじゃないか」

「ああ、良かった甚蔵どん。実は三蔵どんに頼まれて来たんだが。ここに、若くて色の白い、江戸者の若い衆がいなさるか」

なんだろう。怖くなった新吉は、部屋の隅に身を隠して息を潜めた。

「なんだい、いきなり。もしいたらどうだってんだ」

甚蔵も不審に思ったのか、新吉の姿が見えないよう、作右衛門が奥をのぞき込めないように姿勢を変えた。

「そのお人は、おひとりでいなさるか」

「おひとりでって……さあて、いったいどういうことなんだ。早く話の分かるように言え」

「実はな。三蔵どんの妹御が、どうもどっかでその人と口でも聞いたかしただんべ、たいそう思い詰めてな、いっしょになりてえと」

あの人だ。隠れながら、胸のあたりにしまってあった鈴の音が鳴るのが聞こえる。

「なんでもな。飯も喉を通らねえようになっとるらしい。大事の妹だから、なんとかしてやりてえと三蔵どんがおっしゃる」

「へええ、恋《こい》煩《わずら》いかい。そいつぁ、なかなか豪儀だなあ。うん、運が向いてきた。おい、新吉、顔を出せ」

そろりそろりと顔を出す。

「新吉さんとおっしゃるだね。なあるほど、娘っこが惚《ほ》れるのも分かるねえ。どうです、おまえさま、婿に来る気はあるだか」

「聞くまでもねえ。あるに決まっている。ないなんて言いやがったら、おれがただじゃおかねえ」

新吉が答えるまでもなく、甚蔵が大乗気である。

――私には願ってもない、有り難いことだが。

ただ、甚蔵があることないことかこつけて、三蔵から金をさらにせびるのではないかと思うと、あまり良い気はしない。

「そうけえ。じゃあ話をまとめてもええだか」

新吉はあいまいにうなずいた。

「そうしたら、甚蔵さんにもう一つ頼みがある」

「おれにか。なんだ」

「ここに、一筆書いて、爪印《つめいん》を押してくだせえ」

作右衛門が懐から書き付けを取り出した。

「どういうことだ」

「三蔵さんは、新吉さんの結納代わりに、おまえさんに三十両差し上げようとおっしゃっています」

甚蔵はおやというように身体を前のめりにした。

「但し、その後の親類づきあいは一切ご遠慮願いてえ。新吉さんを弟分だと人に言うのもやめてくれ。屋敷にも二度と来ないでいただきてえと」

三蔵という人は、なかなか思慮のある男らしい。先手を打って甚蔵のゆすりたかりを封じようというのだろう。

「ふん。手切れってことか。まあいいや、三十両くれるってんなら、言うこと聞いてやらあ」

書き付けに甚蔵の名が殴り書きにされ、さらに作右衛門が朱肉を出して爪印を取った。

「そんじゃ、またあとで」

「おいおい、そんなこと言って、三十両」

「おまえさんじゃあるいまいし。三蔵さんは出すと言ったものはちゃんと出しますよ。落ち着いて待っておいでなせえ」

翌日、作右衛門はもう一度甚蔵の元に来て三十両を渡すと、「婚礼は十一月の三十日だから」と言い、新吉を連れて行くという。

「この甚蔵さんのところから花婿さんが来るというわけにはいかないのでね。婚礼までは、どうぞわしの家へ」

「ふん、金さえもらえればなんでもいい。新吉、せいぜいそのお嬢さまの機嫌を上手に取りな。じゃあな」

甚蔵はそのまま、どこかへ姿を消してしまった。

〽めでたいものは芋の種　葉広く茎長く　子どもあまたにエエ～

のど自慢の婆二人が代わる代わる、麦搗唄《むぎつきうた》を唄う。

――ずいぶん、鄙びたもんだな。

元気だった頃の豊志賀の美声を思い出して、新吉は胸の内で密《ひそ》かに「南無阿弥陀仏、南無阿弥陀仏……」と繰り返していた。

「ああら、この婿さんはどこから来たかね。良い男だね」

「江戸のお人だと。道理で色が白くてきれえだねえ」

「お累《るい》さんがどこぞで見初《みそ》めたそうだが……なるほど、惚れるのも無理はないねえ」

婚礼の日、身ぎれいになった新吉が三三九度の杯を受けていると、無遠慮な地元の女たちがしきりにそう噂するのが聞こえた。

隣では花嫁のお累が白無垢《しろむく》の花嫁衣装に身を包み、袖から白魚を並べたような指先を見せて盃を受けている。実は名前を知ったのは作右衛門の家へ来てからで、あの法蔵寺に墓のある累ヶ淵の累と同じ字を書くのだと知った時はあまり良い気はしなかったのだが、それでもこの品の良い気配を見ると、これからを楽しみに思う気持ちの方が勝る。

——何しろきれいな人だからな。

綿帽子にすっぽりと包まれて、今は顔が見えないが、お久に似た、しかしお久よりも数段上の器量は、前に確かめ済みである。

——それにしても。

屋敷奉公をしていたというのだから、もう少し物慣れていても良さそうなものを、ただただうつむいてばかりで一言も口を利こうとしないのが、新吉にはいささか物足りなかった。

——恥ずかしがってるのかな。

ともあれ、煩うほどに思ってくれたなら、男としては冥利《みょうり》に尽きる。

「さ、花嫁さんと花婿さんは、どうぞ、奥へ」

田舎のことで、座敷ではだらだらと宴会が続くのを尻目に、新吉とお累はそれぞれ、親類の者に案内されて、床の延べられた奥座敷へと入った。

屏風に行燈、絹の布団。新吉はとりあえず襦袢《じゅばん》だけになって布団の脇で座っていたが、待てども待てども、お累が姿を現さない。

ふっと隙間風が吹いてきた。誰が開けたのか、縁側の障子が開いている。

——おいおい、よせよ。

新枕をのぞこうなんぞ、悪い趣向だ。

閉めようと立っていくとぽとっと何かが縁側に落ちた。

「うわっ」

胴のところで身を二つに断たれた蛇だった。切られたばかりと見え、ぴくぴくと蠢《うごめ》いて、まさに断末魔の趣《おもむき》である。

気味の悪いのをこらえながら、煙管《キセル》で頭の方をしたたかに打って、どうにか庭へ放り出す。

——縁起でもない。

あんなのをお累に見せたら、きっと気絶してしまうだろう。そんなことにならなくて良かったと思いながらなおも待つが、なかなか姿を現さない。

——どうしたんだ。恥ずかしがるにも頃合いというものがあろう。

しきりに廊下の気配を窺《うかが》っていると、ようやくそれらしい足音がした。屏風の外へひたと座ったようだ。

「どうしなすった、そんなところへ。どうぞこっちへお入り。今日から夫婦じゃありませんか」

焦れた新吉はお累の手を取った。

「おや、まだ綿帽子を被っているのかい。これじゃ顔が見えないのに」

「おまえさま、ごめんなさい」

お累が畳に両手をついて泣き出した。

「何を言っているんだ」

「きっとおまえさまは、じきに私に愛想を尽かしてお見捨てになります」

「おいおい、妙なことを言ってはいけない」

「だって、私、こんな顔に——」

いやな台詞だと思って綿帽子を払いのけてみて、新吉は息を呑んだ。

——こ、これは。

いつぞや法蔵寺で見た美しい顔はどこへやら、右半分はひどい火傷の痕、さらに髪も抜け上がった無惨な様子が、ぼおっとした行燈の灯に浮かび上がっている。

——豊志賀。

「いったい、どうして」

ともかく、訳を聞こう。

「実は、おまえさまとお目にかかって次の日のことでございます。夜、私の寝間へ蛇が出まして」

蛇。さっきのと同じやつだろうか。

「下女が家の外へ追い出してくれたのですが、その後も、何度も何度もしつこく入ってくるのです。そうしているうちに、ちょっと長いものを見ると、なんでも蛇に見えてきて、怖くて」

お累の嗚咽《おえつ》が座敷に響き渡る。新吉はその背をそっとさすった。

「それで、つい座敷から駆け出そうとして、母とぶつかってしまって。転んだ拍子に、囲炉裏に顔を……。ちょうどかかっていた薬罐《やかん》には、湯がぐらぐらと……」

新吉の腕の中で、お累が泣き続ける。

――これは、報いだ。

豊志賀と同じような顔になってしまったお累。

我が手にかかって死んだお久の叔母にあたる、お累。

――さっきの蛇、お久の墓で出たのと同じやつだろうか。

お累を狙おうとして来たのか。豊志賀の恨みを背負って、お久も道連れにして。

……七人までもとり殺す。

滲《にじ》んだ豊志賀の字を思い出す。

——させない。絶対にさせるものか。

この人を大切にするんだ。そうして、必ず、最後まで添い遂げてみせる。

「お累。さ、いっしょに休もう」

「おまえさま?」

「必ず、大切にする。末永く、よろしく頼むよ」


心を決めた新吉は、今更ながら伯父の勘蔵《かんぞう》にも今の身の上を知らせ、お累を大切にし、また三蔵にも孝行を尽くした。

「いや、何せあの甚蔵のところにいた男だというから、実は心配していたんだが、良い婿に巡り会ったものだ。ありがたいありがたい」

三蔵の方でもそう言って新吉を大事にしてくれるので、居心地も良かった。

「おまえさま、私、ややこを授かりました」

「そうか。それはいよいよ身体を大事にな」

火傷のせいで今は気の毒な見た目になってしまったが、お累はもともと器量良し、また自分の方も、女に惚れられる姿の持ち主ではあると、新吉は生まれてくる子どもを楽しみにしていた。

「若旦那。早飛脚でお手紙でございます」

「何、早飛脚……」

何事かと思って見れば、どうやら伯父の勘蔵が近所の人に代筆を頼んで書かせた手紙らしく、「今際《いまわ》の際にどうしても一目」と心細いことが書いてある。

「義兄さん。お累ももうすぐ産み月ですから心配ではありますが、この伯父はたった一人の身内ですし、両親に死に別れた私には育ての親です。一度江戸へ参ってもよろしいでしょうか」

「ああ、ぜひ行っておいで。こちらのことは心配しなくて良いから、しっかり伯父さん孝行をなさい。もし動かせるなら、なんならもうこっちへいっしょに戻ってきてもいいよ。田舎で養生させた方が長生きできるだろう」

快く送り出されて、江戸へ着いたのは八月の十六日だった。

久しぶりに訪れた家で、伯父は近隣の人たちに見守られて横になっていた。

「新吉さん、たいそうご立派になって」

「良い所へ婿に行ったと、勘蔵さんご自慢でねえ。さ、早く中へ」

木綿の薄い布団の上で薄目を開けている勘蔵を見て、新吉は申し訳なさで一杯になった。

「伯父さん、すまない。ずいぶん無沙汰をしてしまって」

「いや、いいんだ。田舎とはいえ、おまえが歴とした家にちゃんと婿に入ってやってると分かっただけで、おれはもう思い残すことはない……亡き奥方にも、これで申し訳が立つ」

二人の様子を見て、近隣の人たちはそっとその場からいなくなった。

「伯父さん。そんな弱気にならずに。少し良くなったら、私といっしょに下総へ行こう。向こうでもそう言ってくれてるから」

勘蔵が口元にちょっとだけ笑みを浮かべたのを見て、新吉は安堵した。

「何か食べたいものはあるかい。何でも誂えてきてやろうよ」

「鰹《かつお》の刺身に、炊きたてのおまんまがありゃあ、何よりでぃ」

「そうかい。分かった、すぐ」

立って行こうとする新吉を、勘蔵は「その前に、ちょっと身体を起こしてくれ」と止めた。

背中に継ぎだらけの座布団を当てがい、壁にもたせかけるようにしてやると、「布団の下に手を入れてみてくれねえか」と言う。

勘蔵の身体の形に沈んだ、湿った布団の下から出てきたのは、ぼろぼろになった風呂敷包みだった。

「なんだい、これ。ずいぶん時代が付いてるようだが」

「開けてくれ」

手を触れるそばから糸がぼろっと崩れそうなのをどうにか開くと、出てきたのは細長い、堅い板である。錆《さ》びたような金色をしている。

——迷子札か。真鍮《しんちゅう》かな。

生まれる子のためにに誂えてくれたにしては古すぎる、と思って見ると、すでに文字が彫りつけてある。

〝小日向《こびなた》服部《はっとり》坂《ざか》深見《ふかみ》新左衛門《しんざえもん》次男新吉〟

——新吉？

勘蔵が苦しそうに息をしながら、「読めたかい」とこちらを見た。

「もうおれは長くない。だから、せめてこれだけは伝えてから死のうと思って。新吉。いや、若君。どうぞ心して聞いておくんなさい」

苦しい息の下から、それでも居住まいを正して、勘蔵は新吉の本当の生い立ちを語って聞かせた。

父は深見新左衛門という旗本であること、新五郎《しんごろう》という兄がいること、母は新吉を生んでまもなく病死したこと、その以前から入り込んできたお熊《くま》という女中に父が手をつけたため、それに反発した新五郎が出奔してしまったこと、その後父が役目の上で命を落としたのみならず、それを咎《とが》められて御家が取り潰されたこと……。

どれもこれも、新吉にはまるで別の世界の、芝居の筋か講釈でも聞かされているようなことばかりである。

「性根も座らねえ若い内に、自分の本当の素性なんか知って、自棄《やけ》になりなさっちゃいけないと思って……。甥《おい》だと偽ってここまで通してきました。家来の分際で、ご主君の若君に対してあるまじきご無礼の数々、どうぞお許しください。この迷子札さえお持ちくだされば、きっと兄上の新五郎さまとも巡りあうことができるででしょう」

「兄……」

身寄り頼りはこの勘蔵ばかりと思ってきたが、どうやらそうではないらしい。

「鼻筋の通った、いい男ぶりでいらっしゃいました。今ならもう三十八、九、分別盛りでしょう。確か右の目の下に、ほくろがございましたな」

勘蔵は仏壇を指差すと、「どうぞそのお位牌を」と言った。

「殿さまのお位牌です。迷子札とそれとを、どうぞ肌身離さずお持ちください」

病人の身体ががくりと傾いたので、新吉は慌てて布団に横たえ直した。

——そんなこととは。

もし勘蔵がここまで忠義の人でなかったら、自分はとっくにどこかで野垂れ死にしていたことになる。なのに、血のつながった伯父であることを露ほども疑わず、時にわがままも言い、甘えもしてきたのだ。

「伯父さん。事情を聞けばなおさら、私には親より大事なお方だ」

横たわる勘蔵の傍らで、新吉は深々と頭を下げた。

「いまさら家来などと思えるはずもない。それどころか恩人だ。どうかしっかり養生しておくれ」

勘蔵が布団からそっと瘦せた腕を出し、新吉の膝の方へ指を伸ばした。その指をしっかりと握ってひとしきり涙を流すと、新吉は立ち上がった。

「よし、鰹、誂えてくる。飛びきりイキの良いのを」

駆け出していくと、幸い、馴染《なじ》みの魚屋はまだ同じところにあった。大急ぎで鰹の半身を切ってもらい、取って返す。

――伯父さん。待っててておくんなさい。

「伯父さん」

やがて勘蔵は、鰹の身をほんの一欠片《かけら》口に入れると、目からつーっと一筋涙を流し、そのまま眠るように息を引き取った。

「伯父さん」

近隣の者に手を借りて野辺の送りを済ませると、家の中はがらんとしてしまった。

――もう、墓参り以外に江戸へ来ることはないだろうな。

生まれてくる子を勘蔵に見せてやれなかったのが、心残りである。

ともあれ、こうなるとできれば子の生まれる時に間に合いたいのが人情で、伯父の住まいの始末はしかるべき筋に任せ、新吉は出立を急ぐことにした。

怪しい雲行きを気にしい、気にしい、菊屋橋《きくやばし》のあたりまで来たところでどうと降りだし、これではと蕎麦屋で雨止みを待つ。

「どうにも止みませんね」

「止みませんね」

下総まで行くのだというと蕎麦屋の主人は気の毒がって、どこかで宿りをしてはどうかと世話を焼いてくれたが、新吉はやはり立つことにして「駕籠を呼んでおくんなさい」と頼んだ。

「吾妻橋《あずまばし》を渡って、小梅《こうめ》まで行っておくれ」

なんとか亀有《かめあり》を越して宿りは新宿《にいじゅく》にしたい。

四つ手駕籠に乗り込むと、横殴りの雨で、雨よけの桐油紙《とうゆがみ》もたいして役には立たぬほどの有様だったが、それでも看病疲れ、気疲れもあって、新吉はやがていびきをかいて眠ってしまった。

「おい、ちょいと待ちねえ、相棒」

「うん、どうも様子がおかしいな。あっちの灯りはどう見ても吉原《よしわら》土手だろう」

駕籠がふいに下ろされて、新吉は目を覚ました。

「もう着いたのかい」

「いや、それがどうも……」

駕籠屋がぼそぼそと話している様子では、どうやら道を間違ったらしい。

――小塚原《こづかっぱら》とか言ってないか？

それではまるで見当違いだ。

「おいおい、吾妻橋を渡ってくれと言ったのに」

「それが、どうも妙なあんばいでして」

小塚原に来てしまったならしょうがない。

「それなら、本宿《ほんじゅく》へやっておくれ。宿りは千住《せんじゅ》にするから」

動き出してほどなく、また駕籠は止まってしまった。

「おい、着いたのか」

「それが……おかしい。これだけ走ったのに」

「なんだって」

たまりかねて下りてみたが、果たしてどこか分からない。

――タチの悪い駕籠に乗ってしまったらしい。

身ぐるみ剝《は》がれないうちに一人になった方が良さそうだ。幸い、雨は上がっていた。

「もう良いよ。ここで」

「え、そうですかい」

「ああ、あとは歩いて行く」

かろうじて星だけは瞬《またた》いているのを頼りに、なんとか方角の分かるところはないかと、足で道を探るように歩いて行くと、「お若ぇの、申し。お若ぇの」と後ろから声を掛けられた。

——追い剥ぎか？

恐る恐る振り返ると、四十前くらいの男が立っていた。

「な、何の御用で」

「これはご貴殿のものか」

男の手には、勘蔵から渡された迷子札があった。

「先ほど、駕籠から出る時に落とされたようだが」

「これはご親切に。確かに私のです。ありがとうございます」

受け取って改めて男の様子を見ると、顔は色白で鼻筋が通ってきれいだが、月代は伸び放題、着物はどう見てもお上お仕着せの浅黄色で、怪しいことこの上ない。

——まさか、牢から出たてか？

「この札に、深見新吉とあるが、これはご貴殿のことか」

男は片脚が利かぬようで、身体を傾げながらさらにこちらへ近づいてきた。

「はい。それは私のことでございますが、それが何か」

「これはなんという巡り合わせか。ありがたい」

男が新吉の腕を取ろうとするのを、思わず払いのける。

「あ、あの、私、金も何も持っておりません」

「ああいや、ご不審はごもっとも。新吉どの。某《それがし》、そなたが幼い頃に別れた、兄の新五郎なのだ」

兄。

確かに、勘蔵が言っていたとおりの人相風体ではある。目の下にほくろもある。

――勘蔵の導きだろうか。こんなところで出会うとは。

「兄上でいらっしゃいましたか。しかし、そのお身なりはいったい。それに、足がご不自由のようですが」

「これはまことに面目ない」

新五郎はそう言うと、思いがけぬなりゆきから女を一人死に至らしめてしまい、一度は牢に入ったものの、そこを破って逃走中の身だと打ち明けた。

「この脚の不具合は、追っ手から逃げようとした時に、うっかり押切《おしきり》の上へ踏み込んでしまって以来のものなのだ。思い返せばお園《その》を死なせてしまったのも押切。己が捕まったのも同じ刃物ゆえとは、因果なものよな」

新吉はいやな気分になった。己も、露見こそしていないものの、刃物でお久を手に掛けた身である。

「兄さん。もし良ければ私のところに来ませんか。もちろんそのままでは困ります。どうかご出家になって、その女を弔うという気持ちで来てくだされば」

兄弟でひっそり罪を償おう。

「なるほど。それも悪くないな。それでそなた、今どこにいるのだ」

問われるまま、今の身の上について話していると、兄の顔が次第に険しくなった。

「その、現在おまえの義兄だという三蔵という男は、以前に谷中の質屋で番頭奉公していたと言わなかったか」

「ええ、そうですが」

「そうか。なんてことだ」

新五郎は吐き捨てるように言った。

「間違いない。その三蔵の訴人《そにん》のせいで、おれは捕まったんだ」

「なんですって」

「憎いやつめ。白洲《しらす》で言われた〝新五郎は前からしつこくお園につきまとっておりました〟という台詞、忘れはせぬぞ」

「しかし兄さん、女を死なせたのが本当に兄さんなら、それは仕方のないことでしょう」

ということは、兄が殺したのは豊志賀の妹お園ということになる。あまりの巡り合わせに新吉は不気味に思いつつ、兄をなんとか宥《なだ》めようとした。

「うるさい。殺すつもりなどなかった。おれは心底お園に惚れていただけなのに。あいつは白洲で〃お園が自分の言うことを聞かないので憎くなって殺したのでしょう〃と言ったんだ。そうじゃない、そうじゃないんだ。あんなところに刃物さえなけりゃ。おれがお園を殺すはずないんだ」

聞いていると気が滅入ってくる。

自分だって、あんなところに鎌さえなければ……。

「おまえが選りに選って三蔵の義弟になっていたとは。こうと知ったらもう縁を切れ」

「何をわけの分からないことを」

「おまえにとっても兄の仇《かたき》じゃないか。そうだろう」

兄の言うねじ曲がった理屈に、新吉は今日ここで出会ったことを悔やみ始めた。

「よし。気が変わった。どうせおれは、このまま捕まれば獄門にされる身だ。それならいっそ、盗賊になってギリギリまで逃げまわり、短い日々を面白おかしく暮らそう。新吉、おれに付いてまいれ」

「わ、私はそんなのはごめんです。下総へ参ります」

「なんだと。兄に逆らった上、仇のところで安穏と暮らそうというのだな。そういう不実な者はこうしてやる」

新五郎が懐に呑んでいた短刀《どす》を抜いた。

――兄さん。なんて人だ。情けない。

ここで殺されるわけにはいかない。新吉は必死の思いで逃げたが、ぬかるみに足を取られ、身体が地面に投げ出された。

新五郎の腕が新吉の肩を押さえつける。

「この不孝者め。兄より女房が大事というなら、おまえも仇と同じだ。あの世へ送ってやる」

「兄さん。やめるんだ。そっちこそ心得違いだろう」

「うるさい！」

短刀が喉にずぶりと刺さった。

「申し、旦那。旦那、どうなさいました」

「うぁああ……」

「旦那。悪い夢でも見なすったか。大丈夫ですかい。雨が上がりましたから桐油紙を引き上げましょう」

息がひどく上がっているが、新吉の身体は駕籠の中にあった。

——夢か。なんてことだ。

「ここは、どこだ」

「小塚原でございます」

「おいおい、吾妻橋を渡って小梅へと言ったじゃないか」

「へえ、そうなんですが、でも旦那、途中で〝雨が降るから千住にしよう〟と」

いったい、どこからどこまで夢なのか。

新吉は自分の手で喉のあたりをしきりに撫《な》でてみた。

「ちょっと下駄を出してくれ。脚を伸ばしたい」

星明かりに、高さ四尺ほどの素っ気ない木の台が浮かびあがった。

——獄門台……。仕置き場か？　捨札が立ってる。

仕置きになった者の名前や罪状を書いた高札である。

……無宿新五郎。谷中七面前《しちめんまえ》下総屋にて仲働き女中園に懸想《けそう》の後殺害、百両盗みて逃亡、さらに捕方に乱暴せし、不届き至極につき獄門。

どうやらこれだけは夢ではないようだ。

新吉は駕籠に戻った。今度はほどなく、迷わずに千住に着いた。

「ありがとうさんで」

厄払いのつもりで駕籠屋に酒手をはずんでやって、自分は宿でとりあえず寝床へ入った。

——夢にしては。

鼻筋の通った、切れ長の鋭い目。その目の下のほくろ。新五郎の顔があまりにはっきりと浮かび、新吉はなんども寝返りを打った。

——ともかく、朝になったらすぐに、お累のところだ。

四　新吉《しんきち》　下

羽生村《はにゅうむら》の家に着くと、三蔵《さんぞう》が自ら玄関で出迎えてくれた。

「おお、新吉よく帰ってきてくれた。伯父さんは、残念だったな」

「はい。お心遣い、ありがとうございました。伯父も喜んでおりました」

兄と三蔵との因縁は、忘れよう。新吉は己に強く言い聞かせていた。

「旦那さま。そろそろでございます」

奥で女たちが騒いでいる。

「新吉。子どもはどうやら、おまえが帰ってくるのを待っていたらしいぞ」

しばらく待っていると、「男の子ですよ」と声がして、産婆が抱いて顔を見せに来た。

「ご立派にお生まれになりました」

そう言いながらも、産婆は困惑したような顔をしている。こういう時の産婆はどんな子にでも「かわいい」とか「玉のような」とか言いそうなものだが、と妙な気がしながら、新吉は我が子との初対面を迎えた。

——これは。

月満ちて生まれたはずなのに、腕も脚もなんだか細い。頬の肉も薄いのに、なぜか鼻筋は通ってつんと高く、目は切れ長で大きく、およそ赤子とは思えぬ、かわいげのない鋭い顔だ。

――兄さんの顔。

ご丁寧に、右の目の下のほくろまで、写し取ったようである。新吉にはとても、己の血を引く子どもとは思えない。それどころか、人でない、別の生き物のようにさえ見えてくる。

――だめだ。もう。何をしても、どうしても。

赤子は三蔵によって、与之助《よのすけ》と名付けられた。

――なぜこんな名にするんだ。

累ヶ《かさねが》淵《ふち》の累《かさね》を殺したのは与右衛門《よえもん》だ。母の名がお累《るい》で、子どもを与之助だなんて、新吉はいやな気がしたが、戸主である三蔵が「父の三右衛門《さんえもん》の代から見てもらっている易者の命名だから」と譲らないのだから仕方なかった。新吉の方も、自分から累ヶ淵の話を持ち出してまで反対して、別の名を提案しようというほど、この子の命名に関わる気にはなれなかったのも、正直なところだった。

――もう、どうなろうと知るもんか。

以来、新吉は何を見ても心楽しいということがなくなってしまった。

三蔵とお累はそんな新吉を心配してくれて、酒をすすめたり、物詣でに連れ出したり、三蔵に至っては、「新所帯が義兄と同じ家にいるというのも気詰まりだろう」と、村内に別家を一つ建ててくれるなど、下にも置かぬ扱いをしてくれたが、気持ちが晴れることはなかった。

何もする気になれないが、かといって家にいれば、いやでも与之助の顔、夢の中で自分の喉笛を掻《か》き切った兄に生き写しの顔が目に入る。

やるかたなく、酒を引っかけては、そこここの神社仏閣へ出かけてぶらぶらと過ごすだけといった情けない日々が、かれこれ半年近くも続いた、二月三日のことだった。法蔵寺《ほうぞうじ》に参詣していると、「そこのお若い方」と呼び止められた。

「和尚《おしょう》さま。何か御用でしょうか」

「おまえさま、死霊にきつく祟《たた》られておる。このままでは命がない」

命がなくなっても構わぬような気もしてしまうが、かといって自ら首をくくったり刃物を突き立てたりする気力もない。

「何か、手立てがありましょうか」

「ある」

和尚があまりにも力強く言うので、新吉は少し、望みを持った。

「何をすればよろしいので」

「無縁の墓を掃除して、香華《こうげ》を手向けなさい。必ず、功徳《くどく》になります」

そんなことで良いのだろうか。半信半疑だったが、他にすることもない。

その日から新吉は、毎日のように法蔵寺へ出かけていっては、墓を掃除し、香華を手向けた。

「おまえさま、近頃少し、顔色が戻ってきましたね」

お累も喜んでくれた。ただ、それでも子どもの顔だけは見たくない。

――墓を掃除している方がよほど良い。

身体を動かすからか、食欲もかなり戻ってきた。

「今日もお寺へいらっしゃるの？」

「ああ。行ってくる」

入り用のものは何もかも三蔵の方で手配りしてくれるので、新吉はそれを良いことに、日中はほぼ留守にしている。

――おや、あの女。

三月二十七日、いつものように墓掃除をしていると、ここらでは見慣れない女が、馬子を連れて墓地へ入ってきた。

――どこかで見たような。

顔の様子では二十歳くらいだろうか。ただ、藍《あい》の万筋《まんすじ》に黒の唐繻子《とうじゅす》の帯、赤味を帯びた鼠色《ねずみいろ》の縮緬《ちりめん》の羽織と、年格好のわりには粋《いき》がかった身なりで、どう見ても素人の町娘ではない。畳表に華奢《きゃしゃ》な歯の、流行《はやり》の吾妻《あづま》下駄を履いた足下など、どこからどう見ても、江戸の玄人女《くろうとおんな》である。

「お賤《しず》さん。これが累の墓だ」

「あら。あんなに名の知れた人だのに、ずいぶん小さい墓なのね」

「まあでも、ずいぶん執念深く祟ったあまっこだからねえ。怖え、怖え。村の者もここへきたらみんな必ず線香の一本も上げていくよ」

お賎に累の話をしてやっているのは、確か作蔵《さくぞう》という馬子だ。

「それからね。この墓には、女房連中が願掛けに来るだ」

「願掛け？」

「亭主がほかに女をこさえたら、ここに願を掛けると、相手の女とすっぱり縁が切れるって」

「あら、そうなの？　それは困るじゃない。旦那のおかみさんにここで願を掛けられたら、あたし追い出されちまう」

どうやら話の様子では、どこかのお妾《めかけ》らしい。

「だいじょうぶだよ、名主の旦那のとこは。ご新造さんも若旦那も、おまえさんのことは得心してなさるで……。おや、新吉さん、今日も精が出るね」

作蔵が新吉に気づいて話しかけてきた。

「若い人がよくこんなことが続くって、みな噂《うわさ》しているよ。身体の塩梅《あんばい》はどうかね」

「ええ、おかげさまで。……あちらのお女中は」

作蔵がにやにやした。

「名主さまのお妾だ。深川《ふかがわ》の櫓下《やぐらした》にいたのを身請けされてきただ」

深川の岡場所なら、昔貸本屋に奉公していた頃、ちょいちょい贔屓《ひいき》にしてもらっていた見世がいくつもある。

「どうも」

如才なく会釈をする女を見て、思い出した。

――紅葉屋《もみじや》のお賤《しず》じゃないか。

ただ、まだあの頃は下地ッ子で顔も幼かったと思うと、確かにそうかどうかは自信がない。

「あら、おまえさん。昔貸本屋に奉公していなかったかい？　紅葉屋《もみじや》って見世に、絵双紙やら何やら、よく背負ってきただろう？」

どうやら向こうの方がよく覚えていたようだ。

「ね、確か、そうそう、新吉さん。そうだよね」

お賤の顔がぱっと明るくなった。

「まあ嬉《うれ》しい。見世から落籍《ひか》されたのは有り難《がた》かったんだけど、どうもこっちは言葉もちがうし、人の気質もよく分からないし、寂しかったんだよ。ね、旦那さまにも会わせるから、遊びにおいでよ」

「ああ、そりゃあええ。お賤さんだいぶ退屈してなさるで」

名主の惣右衛門《そうえもん》のことは聞いていて、三蔵からいずれ引き合わせようと言われていたが、まだ対面したことはない。

「いえ、私はこんな有様ですから」

遠慮しようとしたが、結局二人に押し切られ、今お賎が住まわされているという惣右衛門の別宅にのこのこついていく羽目になった。

はじめて会った惣右衛門は、いかにもゆとりのある田舎のお大尽といった風情の、恰幅《かっぷく》の良い年寄りである。

「新吉さんかい。噂は聞いてる。三蔵の妹さんが、病気になるほど焦がれた恋婿《こいむこ》だってな」

「へええ、そうなの」

お賎が興味深そうに新吉の顔を改めてじっと見た。

「近頃はよく墓掃除をして、若いのに真面目な人だと思っていたよ」

「ねえ旦那。この人、昔貸本屋に奉公していたんですよ。その頃も気立てが良くてね。絵双紙なんか持って来て、ついでに何か手伝ってなんて言うと気持ちよく動いてくれて」

「そうかい。そういうことなら、どうぞちょいちょいここへも来てやっておくれ。わしもそう始終ここへ来るというわけにもいかないのでね」

惣右衛門は新吉に小遣いまでくれて、鷹揚《おうよう》に「またおいで」と言った。

――お賎。

きれいになったな。

思いがけない再会は、新吉の暮らしをすっかり変えた。

はじめのうちこそ、昔話をしたり、お賎の得意な一中節《いっちゅうぶし》——同じ浄瑠璃でも、豊志賀《とよしが》から習った富本節《とみもとぶし》ではないのが、新吉には密《ひそ》かにほっとするところではあった——をいっしょにやったりといった、単なる気晴らしの相手であったものの、やはりそれはあくまではじめだけだった。

田舎で出会った江戸者の若い男女二人、それだけで済むはずがない。

惣右衛門が来ない隙を狙って、同じ布団でしっぽり汗をかく仲になるまでに、たいして時はかからなかった。

家へ帰れば、片鬢《かたびん》ははげちょろけ、顔半分は引きつった火傷痕の女房と、獄門になった兄に生き写しの赤子がいる。お累にも与之助にも何の罪もないのは重々承知してはいるが、それでも、疎ましさは日増しいや増しに増していく。

一方のお賎は、ついこの間まで紅葉屋でも一、二を争う稼ぎ頭だったという器量良し、当然床上手、世辞上手でもあった。

——ああ、こいつとならいつまでもいっしょにいられる。

女と同衾《どうきん》して、身体も心も〝蕩《とろ》ける〟心地というのを、新吉ははじめて味わった。

お累やお久《ひさ》はもちろん、豊志賀にも感じたことのない、身の内を吹き荒れるような獣欲を、時として持て余してしまう。

新吉はいつしか、あらゆる手を使ってお賎のもとに入り浸るようになった。のみならず、惣右衛門が来ていてどうしてもお賎のもとへ行かれぬ日は、三蔵の心尽くしの家財やお累の着物を次々と勝手に持ち出して質に入れ、そこで借りた金で水海道《みつかいどう》まで出かけて飲み歩いて、時を潰すことも覚えた。

「おまえさま。今日もお出かけに」

身支度を調えていると、お累がそっと寄ってきた。

――なんだか、妙な臭いがするな。薬湯か。

お累は近頃、あそこが痛いのここが痛いのと、寝たり起きたりを繰り返している。

「ああ。なんだ、わざわざ」

もはや口も聞きたくない、煩わしいだけの女房である。

――まったく、なんでこんな化け物の婿になったんだか。

傍らには与之助が眠っている。目を開けた顔を見ないうちに出かけたい。

「あの、兄さんが、心配なすっていて」

「三蔵さんが。何を」

「あの、何しろ、惣右衛門さまは、名主さまだから、たいがいにしてくれないと、新吉さんだけでなく、一族みなが困るからって」

さすがに、お賎との仲は密かに人の口の端に上っているらしい。

三蔵の言いたいことは分かるが、だからといって今更お賤と別れる気などさらさらない。

「うるさい。どけ」

お累の身体を荒っぽく突き倒して、新吉は家を出ようとした。

「おまえさま。私はともかく、与之助はまぎれもなくおまえさまの血を引く子どもです。この子がかわいくないのですか」

胸元に突きつけられた与之助が目を覚ました。ぎょろりとした目を父親にまっすぐ向けてくる。

泣くでも笑うでもないその顔を、新吉は思わず渾身の力を込めて押しのけた。

「やめろ。見たくもない」

勢い余って、与之助の身体がどさりと落ちた。畳に横倒しにされた与之助は、顔を歪《ゆが》めてひいひいと泣き声を上げ始めた。子どもらしくない、どちらかというと病気の女が嗚咽《おえつ》にむせんでいるのに近い声だ。

「なんてひどい。それならもう私を離縁してください」

「離縁？　ああ、いいだろう。いつでも離縁状書いてやる。その代わり、与之助は置いて行けよ」

「そんな。おまえさまにこんなに邪険にされるのに、置いて行けだなんて。私がちゃんと育てます」

お累のそばで、自分の知らないうちに、いつしかあの兄にそっくりの男がもう一人できあがる。大きくなって、父親が母親にした仕打ちを知ったらきっと、新吉のことを恨むにちがいない。そうしたら。ちらりと考えただけでもぞっとする。

――置いて行ってくれりゃあ。

今でさえ痩せ細って病弱の赤子だ。放ったらかしにすれば、そのうち……。

「男の子は男親についてのが世間のならいだろう。離縁はいつでもしてやるが、与之助を連れて行くことは許さない」

「おまえさま……」

お累の泣き声の後ろでまだ、子どものひいひいという声が聞こえる。

疎ましくて疎ましくて、急ぎ足で逃げるようにお賎の家へ向かう。

数日入り浸って、根の生えそうになった朝、だらしなく寝坊している新吉を、お賎が大慌てで追い立てた。

「なんだい、珍しく箒《ほうき》なんぞ持って」

「今作蔵さんが知らせに来て。あいにくこれから旦那がおいでだっていうから、新吉さん悪いけど、しばらく出ていておくれよ」

「分かった。しょうがないな」

お賎と離れて過ごそうとすると、どうしてもわびしくて酒の力を借りたくなる。

――質草でも取りに帰るか。

ふらっと戻ると、相変わらず赤子はひいひい泣いているが、お累は珍しく起きていた。

「お、おまえさま、お帰り」

「おい」

お累がとっさに仏壇の抽斗《ひきだし》に何か隠したのを、新吉は見逃さなかった。盆の上には湯飲みが二つ、載っていた。

「誰か来ていたのか」

「あ、兄さまが」

新吉は抽斗にさっと手を掛けた。

「そ、それは、どうか」

開けて見ると三十両の金包みである。

「良いものがあるじゃないか」

「それは、兄さまが。私に、おまえさんと別れろと」

「ふうん。で、なんと返事したんだ」

「それはできませんと。この子のためにも……。そう言ったら、なら兄妹の縁を切ると言われて、そのお金を」

「妹への勘当金、手切れ金ってわけか。よし、もらっとこう」

「待ってください。それを持って行かれては。この子に乳をもらってやらないといけないし、私も薬を」

「ふん、知るか。イヤいやなら私と別れて義兄さんのところへ帰ったら良いだろう」

しがみつくお累を突き倒し、三十両を懐に、新吉はまたふらふらと外へ出た。

――お賤。

まさか、自分がこんな悪党になるとは。

それもこれも、あの女が恋しいためである。

その後しばらく、三十両を使い果たすまでの間は、ちらりともお累のもとへ足を向けなかった新吉だったが、季節が変わってくると、置いてある夏物の着物を一式取って来ようかという気になって、久々にもとの家に舞い戻った。荷物持ちにと、作蔵も連れてきた。

「新吉さん、えろう姐《あね》さんに惚れられとるね」

いつもよりちょっと腫れぼったくなっている新吉の唇を、作蔵がちらちらと盗み見ながらそういった。

「そうかい」

しゃべってみると、重たくなっているのが改めて分かる。

「だって今さっきも、〝着物だけ取ったら、あとはちゃんと連れ戻さないと承知しないよ〟って、おれの背中どやしつけるだよ」

お賎はあの手この手で作蔵をまんまと手なずけ、惣右衛門の目を盗んで新吉との仲を続けるための手助けをさせている。

新吉がお賎に溺れているのはさりながら、お賎の方でも情が日増しに濃くなっていくようで、なおさら離れがたい思いだ。昨夜もお賎にあんまり強く吸われたものだから、こんな唇になってしまったのだ。

——おや、あれは三蔵だな。

お累の家から出て来た男を見て、新吉はとっさに身を隠した。こんな顔で出くわしたら面倒だ。

親族たちの手前、お累を義絶したものの、やはりそこは見捨て切れずにいるのだろう。

黙って玄関を開けると、部屋の中は静かである。

——いっそ二人とも死んでくれてりゃあ。

その方がさっぱりするんだが。

二人の顔を見ると、つい何かどす黒いものにとり憑かれたような気がして、胸のうちに嵐が吹き荒れるのを止められない。いつか、自分でも知らないうちに二人を手に掛けてしまうのではないか——そんな予感がひたひたとあって、我ながらおぞましかった。

お累の寝間の方をのぞいてみると、新品の大きな蚊帳《かや》が吊ってあり、母子が横になっていた。

珍しく泣いていないせいか、鼻筋の通った与之助の顔が、取り澄ました目でこちらをじろりと睨《にら》んだように見えた。すぐにでも武家言葉を使ってしゃべりだしそうな気味悪さだ。

――ちぇっ、胸くその悪い。

新吉はばたばたと蚊帳を畳み、腕に抱え込んだ。

「おまえさま、いったい何を」

目を覚ましたお累が蚊帳に手をかけた。

「どうか、これだけは持っていかないでください。坊が蚊に食われてかわいそうですから」

あんなものがかわいそうとは。いったいどういうことなんだ。

「ちょっと借りるだけだ」

「いえいえ、たとえちょっとでも、困ります。どうぞこれだけは」

お累が必死で蚊帳に取りすがる。その顔が歪めば歪むほど、いっそうひどい仕打ちではねのけたくなる。

「お金ならあります。少しだけですけど。だから、この蚊帳の方はどうか、どうか」

仏壇の抽斗が開けられ、三両の金が新吉の懐に差し込まれた。三蔵が置いていったのだろう。

「どうぞ、これで堪忍して。蚊帳は置いていって」

すがってきたお累の顔。そばでじっとこっちを見ている、与之助の顔。

薬を塗れないせいなのか、近頃お累の火傷の痕はじくじくと膿《う》んで腫れてきているようで、いっそう豊志賀の面影に似通ってきて疎ましくおぞましい。

思わず平手でばしりと張って、手がねちゃりとする。

――ええい、気色の悪い。

お累はそれでも蚊帳から手を離さない。

「新吉さん、ちょいといくらなんでもひど……」

あまりのことに、作蔵が目を白黒させている。

「うるさい、てめえは黙ってろ。何か口だししやがったら、てめえもぶん殴るからな。おい、お累、手を離せ。さもないと薪《まき》でぶったたくぞ」

「情けない、おまえさま。この蚊帳だけは、死んでも離しません」

胸の内に、ますます荒々しくどす黒いものが吹き荒れる。新吉は自分でもどうやったか分からぬほど、めったやたらにお累を殴りつけた。

「ぎゃっ」

お累の悲鳴とともに、べりべりと音がした。蚊帳が引きつれて、その糸の先に剝《は》がれた生爪が食い込んでいた。

「うわぁ」

作蔵が腰を抜かしているが、新吉は血走った目で睨みつけるばかりで、まるで意に介さない。

「行くぞ、作蔵」

肩に蚊帳を引っかけて出て行こうとすると、お累が指先から血を流しながら、その足にひしとすがりついた。

黒みがかって崩れそうな赤紫の爛《ただ》れの間から、恨めしそうな目が新吉を見上げる。

「寄るな。そんな目で見るんじゃねえ」

手近にあったものをともかく引っつかんで投げつける。

「ぎゃあぁ」

熱い湯気が、幼子の悲鳴とともにもうもうと立ちこめた。

「おまえさま……。鬼。鬼だ」

新吉のつかんだのは、煮え湯の入った薬罐《やかん》だった。お累が与之助の上に覆いかぶさるようにうずくまっている。

「新吉さん、これは」

「構うな。さ、付いてこい」


気味悪がる作蔵を叱《しか》りつけて、蚊帳に食い込んだお累の生爪を外させると、馴染《なじ》みの古道具屋に強引に売りつけ、いくばくかの金を得た新吉は、お賎のもとで酒をあおった。

「姐さん、おまえさまは、新吉さんのことかわいい人だと思っているようだけど、ちょっと気をつけた方がええだ」

「あら、何かあったの」

「うん。おらあ、蚊帳についたおかみさんの生爪を……」

「おい、余計なことを言うんじゃない」

新吉の鬼の所行を見て頭に血が昇ったのか、酔った作蔵はいつもよりずっと饒舌《じょうぜつ》だった。

——うるさいやつだ。

いくらか頭が冷えて、あとから思い返すと、さすがに自分でもちょっと後味が悪い。お賎に聞かれるのも憚《はばか》られて、新吉はひたすら作蔵の機嫌を取って酒をぐいぐい飲ませ、玄関脇の二畳間へ押し込めるようにして寝かしつけると、ようようお賎と二人きりになった。

「新吉さん。良かった。うちへ行ってくるなんて言うから、気が気じゃなかったじゃないのさ」

「だから、心配には及ばないと言ったのに。あんなところへ長居は無用だ」

徳利と猪口をやりとりするうち、指と指が絡み、二つの身体が重なって一つになって、やがてとろとろと眠りに落ちていく。

「ごめんなさい、ごめんなさい」

どんどんと表を叩《たた》く音に二人してようやく目が覚めた。

「なんだ、誰か来たようだな」

「庭の方で声がするけど。……はいはい、今開けますけど、どなたさまでしょう、お名前を言ってくださいませんと」

「お累でございます。夫の新吉がこちらにお邪魔しておりませんでしょうか」

お賎がきっと新吉を睨みつけた。

「新さん、おかみさんですとさ」

おかしい。あんな身体で、ここまで来られるはずがない。

「はいはい。大事なご亭主を引き留めてすみませんねえ」

いつのまに降り出したのか、雨は音もしたたかに叩きつけており、障子を開けると縁側は水浸しである。

「お邪魔します」

「何しに来た。こんな雨の中を」

お累は与之助を抱いている。泣きもせず、ぴくりとも動かない。

「恥を忍んで押しかけてきたのは、他でもありません。どうぞ、この子の弔《とむら》いだけは、おまえさまの計らいで出してやってください」

子どもはやはり、助からなかったと見える。

「別に、おまえさまがこの子に何をしたとか、そんなことを表に出そうという気はさらさらありません。ただせめて、お弔いだけ、なんとか」

新吉が黙りこくっていると、お累は今度は、お賎に向かって掻《か》き口説いた。

「お賎さん。どうぞお情けでございます。あなたさまからも、今夜だけは戻ってやれとおっしやってくださいな」

お賎は、子どもの亡骸《なきがら》を抱くお累を化け物にでも出会ったように見つめていたが、やがてぼそりと「新さん。今日は帰っておあげよ」と言った。

お累のそそけた髪から、雨のしずくがぽたぽたと垂れて、火傷痕へと流れていく。

――どこまでも、いつまでも、まとわりついてきやがって。

「子どもの始末なんてそっちで勝手にしろ。帰れ」

胸ぐらをつかんでどんと突き飛ばす。お累は与之助の亡骸を抱えたまま、縁側から転げ落ちた。

「新吉さん、ちょっと」

お賎が止めるのも構わず、戸をぴしゃりと閉め、内側から桟《さん》を下ろしてしまった。

「お賎。酒だ。気色の悪ぃ」

「あんまりだろう。気の毒だから、帰っておやりよ」

「なんだ、おまえまで。ふん」

新吉は残っていた燗冷《かんざ》ましを湯飲みになみなみ入れて、まず自分が一口飲むと、「飲みねえ」と差し出した。

「あ、ああ」

燗冷ましが利いたのか、お賎はじきにぐっすりと眠りこけてしまい、雨の降る音、近くの小川が水かさを増してどうどうと流れるらしい音ばかりが響いていくる。

しばらくすると、目が冴《さ》えてしまった新吉の耳に、「うーん」と男の唸《うな》り声がする。

――なんだ、作蔵か。おかしな夢でも見てやがるな。

あんまりうるさいので二畳間へ行ってみると、脂汗をびっしりかきながら、仰向けの姿勢で唸り続けていた。

「作蔵。作蔵、起きねえ。おい」

なかなか目を覚まさないので、身体に手を掛けて揺さぶると、「うああ」と一際大きな声を上げて半身を起こした。

「おい。あんまり寝ぼけるなよ」

「寝ぼけてるんじゃねえよ。今、お累さんがここへ来た」

「お累が。ばかな」

入ってこられるはずがない。

「でも本当に来たんだ。ずぶ濡れのお累さんが、ウンともスンとも言わねえ石の塊みてえな赤ん坊抱いて。そいでもって痩せた手をおれのここんところへピタッと当てて」

作蔵が拳で自分の胸のあたりを軽く叩いた。

「あんな痩せた手なのにすごい力でな。おれの肋《あばら》折る勢いでぐーっと押さえて〝新吉さんを返しておくんなさい、どうぞ返しておくんなさい〟って泣くんだ」

――いやな夢を見やがる。

「おれが答えられねえでいると、〝お願いです、お願いだから〟って。どんどん力が入って、まるで漬物石みたいな重さになってな。もうおれ、息もできねえし、肋が折れるんじゃねえかって」

「うるせえ。それ以上言ったらぶん殴るぞ。黙れ」

忌々《いまいま》しく思っていると、作蔵がまた「うわあ」と叫びながら二畳間の隅を指差した。

「ほらそこに。今もいなさる」

恐る恐る、指差された方を見る。

「しょうがねえなあ。何にもねえだろう。気のせいだ」

樽《たる》の上に蓑《みの》が置いてあるばかりである。

「気のせいなもんか。ああおっかねえ」

「ごちゃごちゃ言ってねえで、さっさと寝ろよ」

「寝られるもんか」

押し問答をしていると、「どんどん」とふたたび戸を叩く音がする。

「ごめんください、ごめんください」

今度は男の声である。

「誰だ」

「新吉さんはこちらにおいでなさいますか」

「だから、誰だよ」

「あの、与《よ》助《すけ》でございます。お累さまがたいへんなことになりましたので、どうしても新吉さんにすぐお帰りを願いてぇんですが」

三蔵のところの奉公人だ。三蔵に頼まれて、ちょくちょくお累の様子を見に来ていた者である。

戸を開けてみると、いつしか夜も白々明け、雨も上がっている。

「しかたねえ。お賎。やっぱり一度、様子見に行ってくる」

「ああ、そうおしよ。でも新さん。絶対、こっちをお見限りでないよ」

目を覚ましたお賎に見送られて、新吉はいやいやながら、与助と共に一度帰ることにした。

道々、「いったい何があったのか」と尋ねてみるが、与助は「ご自分の目でどうぞ」と言うばかりで、あとは何も話してくれない。

雨に湿って重たくなった戸を開けて中へ入る。与助はくるりと背を向けてしまった。

――これは。

一面血の海になった布団の上で、お累が与之助を抱えたまま、息絶えている。

――刃物で喉を掻き切ったのか。

ずいぶん思い切った死に方をしたものだ。

布団の横、畳の上の血だまりができている。

——これは。

あの草刈鎌だった。

——なぜ、これがここに。

新吉は底なしの冷たい泥沼に落とされたような気がした。

——どこまで、いつまで、つきまとうんだ。

すぐに逃げ出したかったがそうもいかず、なんとか弔いを出した。

三蔵から内々で手でも回っていたのか、「自分も子どもも病がちなのを気に病んでの自害」とされて、それ以上の深いお調べはないままだった。

気味の悪いのをかろうじて我慢して初七日を終えると、新吉は早速、お累の家をあとにした。もともと、ほとんどの家財は質草に既になるか、お賤のところに預けてしまってあるから、片付けるものとてない。

お累が死んでいた布団は焼いてしまったが、あのときの鎌は誰かがどこかへ持ち去ったのか、行き方知れずである。

——ああ、うんざりだ。

すぐにでもお賎に会いたいのだが、近頃、どうしたものか、惣右衛門がずっとお賎のところに逗留《とうりゅう》している。以前は、泊まっても一晩、どうかすると泊まることもなく本宅へ帰っていくことの方が多かったくらいなのに、どうも様子が分からない。

しょうがないので、水海道や大生《おおな》郷《ごう》あたりへ行って宿りをし、こそこそ、お賎と会う機会を窺《うかが》っていた。

「こんにちは」

顔見知りの百姓が何人かすれちがったので、挨拶をすると、向こうは知らぬ顔で行き過ぎてしまう。

「……名主の妾と……」

「三蔵さんの妹をあんな目に……」

聞こえよがしにひそひそ、ぼそぼそ——どうやら自分が近在の爪弾《つまはじ》き、鼻つまみ者になっていることを、新吉は今更になって悟った。

——しょうがねえ。

なにゆえここまで堕ちたか。自分でもよく分からない。

——こんな田舎さっさと捨てて、お賎とどっか行っちまえたらいいのに。

さりとて肝心のお賎とは、なかなかゆっくり話もできない。

——今日は懐が寂しいな。

宿りばかりしていては、どうしても金に詰まってしまう。

宿を引き払い、恐る恐る、お賎のもとへ忍んでいくと、「こっちへお入り」と堂々と招き入れてくれた。

「旦那は？」

「いなさるよ」

「え。いいのかい」

「いいのよ。むしろ、堂々と見舞ってちょうだいな」

座敷で寝ている惣右衛門のところへ挨拶に行くと、確かに以前会った時に比べるとひどく面《おも》窶《やつ》れして、手や足も細くなっている。

「どういうことだ」

座敷を出て、声を潜める。

「ご病気でね。ご本宅での看病では気に入らないんですって。あたしに面倒を見てほしいって」

お内儀も若旦那も承知の上で、病気の惣右衛門の看病をここですることになったのだという。加えてどう言いくるめたものか、惣右衛門は新吉のことを悪く思わぬどころか、「お賎を手伝って自分のことを看病してくれる気の良い若い衆」と頼りに思っているらしい。

「だからね。堂々と看病人をしておくれ。手伝っておくれよ、後生だから。まさかおまえさん、この期に及んであたしまで見捨てようっていうんじゃないよね」

「何言ってるんだ。おれだってもうおまえの他に頼れる者はないんだ。ただ、近在であんまりいやがられているから、居心地がな」

「分かった。近いうち、二人でここを離れようよ……。たぶん旦那は、そう長くないからさ」

以来、新吉はお賎とともに惣右衛門の看病をすることになった。

いくらか気分が良い時には、惣右衛門は気さくに新吉に話しかけてくる。

「新吉。おまえさん、病人の世話がうまいね」

手足をさすってやると、身体が楽になるらしい。

「あ、ああいえ、若い頃、病気の姉さんを看ていたことがありまして」

「そうかい。その人は今どうしていなさる」

病気の姉さん。

もちろん、姉さんではない。——この先女房を持てば七人まではとり殺すからそう思え——

こう書き残した人である。

「残念ながら、亡くなっちまいまして」

「ほう、そりゃあ気の毒に」

惣右衛門は新吉を気に入って、ことあるごとに小遣いやら着物やら帯やらを「持って行きなさい」と気前よくくれるなど、たいそうかわいがってくれた。

——伯父さん。すまなかった。

惣右衛門の世話をしていると、伯父の勘蔵《かんぞう》のことが思い出される。

こちらも、本当は伯父さんではない。勘蔵は、新吉の実の父、旗本深見《ふかみ》新左衛門《しんざえもん》の下男であった人だ。だが、新吉にとっては幼い頃から真に身内と思ってきたのは、勘蔵だけである。

——本当の伯父さんだったら良かったのに。

勘蔵をもっと早くに見舞っていれば、こんなことにならずに済んだのだろうか。あんな兄のことなど知らぬままに——。


惣右衛門の看病をするようになって、そろそろひと月が経《た》とうという、晩のことだった。

「ねえ新さん。おまえさん、本当にあたしとずっと添うつもりがあるかい？」

「なんだよ、今更。そうじゃなければこうして旦那の看病までいっしょにしちゃいないだろう。もうおれにはおまえしかいないんだよ」

「本当に？　……じゃあ、その心底、証《あか》しを立ててみせておくれよ」

「証し？」

お賎の目が、これまで見たことのないような底光りを湛《たた》えている。

「ど、どうしろって言うんだ」

「殺すんだよ、旦那を」

「じょ、冗談言うな」

「冗談じゃないよ。もう、あたしはいやになったんだ。これ以上待てないよ」

お賎の顔がまるで別の女に見えてくる。

「もうじき死ぬかと思っていたのに、存外旦那がしぶといだろう。もし治っちまったたら、また機嫌を取って暮らさなくちゃいけない。でも、もうあたし、これ以上はいやなんだよ。おまえさんだってあんまり長くなったら、きっと嫌気が差してどっか行っちまうにちがいない」

「そ、そんなこと言ったって。できるわけないだろう」

早々と震えだした新吉の手を、お賎がむずとつかんだ。

「できるよ。おまえさんなら」

お賎が無理矢理に新吉の目をのぞき込んでくる。

「あたしには分かる。おまえさんは、そういうことのできる人なんだよ」

そう言うが早いか、お賎は新吉の手をつかんだまま立ち上がり、惣右衛門の寝間へと忍び入った。

「旦那。旦那」

お賎が小声で呼びかけたが、いびきが聞こえるばかりで返答はない。

――どうしようってんだ。

用意周到、いつの間に懐に入れていたのか、お賎は細引きを取り出すと、まず柱に結びつけ、それを惣右衛門の顎の下に挟み込み、一方の端を新吉に持たせた。

お賎が枕に手をかけている。枕を引けば、首に細引きが食い込むという寸法だ。

――こうなったら、もう、やるしかない。

新吉は腕に力を込めた。麻の感触が手に食い込んでくる。「うーん」という小さなうめき声が聞こえる。

「じれったいね新さん。もうちょっと腰を入れてしっかりお引きよ」

枕を外したお賎は、ことが思うように進まないと見て取ると、その場にあった小杉紙《こすぎがみ》を二、三枚取って水で濡らし、惣右衛門の顔に載せた。

小杉紙は鼻紙としては上等で、糊《のり》が利いて白いのが特徴だ。それが顔の皮膚にぴたりと吸い付くように貼り付き、やがていくらか透き通って顔の輪郭を浮き上がらせてくると、惣右衛門はもう息をしていなかった。

濡れ紙と細引きを外したお賎が、どんぶりに水を汲《く》んできて、掌《てのひら》を水に浸しては、惣右衛門の喉をしきりにこすっている。

「な、何してるんだ」

「こうすると、紐《ひも》の痕が目立たなくなるんだよ」

なぜこんなことを知っているんだろうと思ったが、もうそれどころではなかった。

「新さん。今日は一度他へ宿っていっておくれ」

「ど、どうすれば良いんだ」

「明日、改めて使いをやるから。いいかい、怖じ気づいて妙な真似をしたら承知しないよ」

分かったとうなずいて外へ出ようとすると、お賎が裸足のまま出ていこうとする。

「どうするんだ、そんな裸足で」

「ご本家へ〝ご様子が急に変わりまして〟ってご注進に行くんだよ。こうして裸足で走っていきゃあ、いかにも慌てふためいているように見えるだろう。じゃ、明日だよ。いいね」

まんじりともできず、また、いずれ知らせが来ると思えば、外へ出ることも、酒を飲むこともできずに、新吉は宿でぼおっと寝転んでいた。

——あんな女だったのかな。

思い出すのは昔、紅葉屋で下地ッ子だった頃の幼い顔ばかりだ。

——そういえば。

よく考えたら、素性とか両親とか、お賎のことで新吉が知っていることはごく少しだ。

——身寄り頼りはない、と。

なぜ岡場所へ売られたのか、紅葉屋で惣右衛門に請け出されるまで、どんな客とどんなやりとりをしていたのか。

宿の小女が出し抜けに襖《ふすま》を開けた。ちょっと声をかけてから開けるものなのに、行き届かぬものだと思いながら「なんだ」と身体を起こす。

「すみません、お客さまに、すぐ羽生村の名主さまの家へ来てほしいって、おことづてが」

「分かった。すぐ出る」

きっと、お賎が何か筋書きを書いているんだろう。こうなったらもう、覚悟を決めて乗るしかない。

――あいつとなら、きっとやっていける。

怖い女だとは思うし、底知れぬ女だとも思うが、今の新吉にはもうお賎しかいないのだ。

惣右衛門の本家では、すでに多くの人が集まっていた。新吉を見て、汚いものでも見たような顔をする人も多かったが、惣右衛門のお内儀と息子は、ごく温和な様子で「新吉さん、どうぞこっちへ」と招き入れてくれた。

「よく看病をしてくださったそうで。お礼を申します」

「い、いや……」

どぎまぎしていると、お賎がじっとこちらを睨《ね》めつけている。

――分かってるって。

「どうも、このたびは……」

「実は、父の遺言状がございまして」

「遺言状？」

長男の惣次郎《そうじろう》が教えてくれたところでは、惣右衛門の遺言の内容は、おおよそ次のような内容であったらしい。

一、家督は長男の惣次郎に継がせるものとする。

一、次男の惣吉《そうきち》は、成人の後、惣次郎の計らいでしかるべき家に養子へ行くこと。

一、お賎は五十両の手切れを添えて江戸へ帰すこと。

一、湯灌《ゆかん》は新吉一人の手で行うこと。

他にも形見分けの指図が細々とあり、その中にも新吉の名があって、上等の帯だの煙草入れだのが新吉の分とされていた。

「こういうことですから、新吉さん、お手数ですがどうぞよろしくお願いします」

そう言われて、寺の湯灌場へ一人、置いて行かれ、新吉は途方に暮れた。目の前には、惣右衛門の亡骸の入った早桶《はやおけ》があるばかりである。

そっと蓋を取ると、惣右衛門は胸のところで手を合わす姿勢を取らされ、首をがっくりと垂れている。

――一人で、湯灌なんて。

どうしたものか。

「おい、新吉」

いきなり呼びかけられて、跳び上がる。

「久しぶりだな」

「兄ぃじゃないか」

お累のところへ婿入りするまで世話になっていた、甚蔵《じんぞう》だった。

「本家でお弔いだっていうから来てみたら、おまえ、ずいぶん亡くなった旦那にかわいがられてたらしいな。湯灌を任されるなんてよっぽどだ。三蔵のところは不縁だったそうだが、おまえは妙にどこでもかわいがられるやつだな。うまくやりやがって」

「そ、それはそうなんだが、一人でどうしたら良いのか……」

「ふうん。じゃあ、内緒で手伝ってやろうか」

甚蔵は慣れた様子で、「ほら、盥《たらい》を伏せて置いて、仏様の脇の下へ手を入れて」などと指図をしてくれる。

気味の悪いことこの上ないが、それでも一人でやるよりはましと、言われるままに水を汲んだり、亡骸があぐらの姿勢で座っていられるように動かしたりした。

「おや、ずいぶんたくさん鼻血が出るな」

甚蔵がそう言いながら、亡骸の顔から首のあたりをじっと見ている。

「おい、新吉。おまえ」

黄ばんだ白目が血走っている。いやな顔だ。

「白状しろ。何をした」

「し、知りませんよ」

「知らねえことがあるか。この咽頭《のどっくび》に出た筋を見ねえ」

黒ずんだ紫色の細い線が浮き出ている。

「こりゃあ誰かがくびり殺した痕だ」

「そ、そうなんですか」

「とぼけやがって。おまえじゃないってんなら、これは代官所に届けよう。若旦那を呼んでこい」

「いや、それは」

「白状するか」

「さあ」

こんな押し問答で、甚蔵相手に勝てようはずもない。

「実は……」

やむなく経緯《いきさつ》を語ると、甚蔵は「なぁるほど」とにやりとした。

「おまえもつくづく女との巡り合わせが悪いようだが」

甚蔵にはお久のことも知られている。

「あのお賎ってのはなかなか底が知れねぇ女のようだな。まあ良いや。このことは黙っておいてやらあ。兄弟分の誼《よしみ》だ」

機嫌が良くなった甚蔵は、手早く湯灌を済ませてくれ、弔いは滞りなく行われた。

――こうなったら一日でも早くここから出て行きたいが。

お賎も新吉もそれは同じ思いだったが、惣右衛門の四十九日も済まぬのに、二人してここを出て行けば、さすがに何を疑われるか分からないので、しばらくじっとしていることにした。

初七日を済ませた次の日、お賎の家に「ごめんくだせえ」と現れた者がいた。

九月ももう十日を過ぎ、秋風が冷たくなってきた頃だというのに、褌《ふんどし》の上に肩から馬用の腹掛けを引っかけただけの、珍妙な姿である。

「お賎さん、おいでなさるかい」

「あら、甚蔵さん。ずいぶん乙なお姿だこと」

「いやあ、そう笑われると面目ないんだが」

お賎は愛想良く甚蔵を上げてやり、煙草盆を押し出した。

――何しに来たんだ。

新吉にはいやな心持ちしかしない。

「お賎さん。このたびはご愁傷さまで」

「ええ。あたしもこんなに早く旦那に死なれるとは思っていなかったもので」

火鉢のそばで身を固くしていると、甚蔵がわざとらしく声を上げた。

「よう、新吉。おまえも来ていたのか」

いるのが分かって押しかけて来たんだろうに。

「ねえお賤さん。亡くなった旦那は、わっちのような者にも良くしてくれましてねえ」

「へえ、そうでしたか」

うわべの愛想は良いが、お賤も甚蔵の底意を測りかねているらしい。

「それから、この新吉ってのは、もともとはわっちの弟分なんですよ。三蔵さんのところに婿入りする時に、一応縁を切ってくれってことになったんですが、この村に居着くようになったのは、そもそもわっちの世話でしてね」

甚蔵は、新吉がお久を殺してしまったことも知っている。あの時は、あの鎌をネタに、三蔵からかなりの金を巻き上げたはずだ。

「お賤さん。どっちみちこんな装束《なり》だから恥を忍んで申しますが、今日はまるでツキがなくってね。いくらか小遣いをいただけませんかねえ」

「それは困りましたねえ。あたしも旦那が亡くなって、いろいろと不自由をしておりますから。じゃあ、ほんの心ばかりですが」

お賤が懐紙に何か包んで渡した。

「おいおい、一分きりとは、何かの間違いじゃねえのか」

「何が間違いです。あたしも深川にいましたから、銭もらいのあしらいくらい知っているけれど、一分もあればたいてい、御の字と帰るもんでしょう」

「冗談言っちゃいけねえ。わっちはおまえさんからなら、三十両取ったって罰は当たらねえ」

お賤のこめかみに血の脈が青く浮き上がった。

「なんだい、女の一人住まいだと思って図々しい。それ持ってさっさとお帰りよ」

「なんだとぉ。強く出るじゃねえか。おい新吉、黙っていねえでちゃんと話をしねえかい」

「わ、分かったから、兄さん、今日はまず帰ってくれ」

甚蔵はじろじろと二人を見比べるようにしていたが、やがて「待ってるぞ。でなきゃあ、おれにも考えがある」と吐き捨てて帰って行った。

「なんだい、おまえさん。あんな与太者《よたもの》にへえつくもうつくして。いくら昔馴染みだからって、金をたかられる筋合いなんぞあるもんか」

しょうがない。話すしかあるまい。

「済まない。実は、それがあるんだ」

湯灌場でのことを話すと、お賤が深々とため息を吐いた。

「これだからねえ。あれだけお膳立てしたっていうのに」

「お膳立て?」

「旦那にあれだけの遺言を書かせるのに、どれだけの手間がかかったか」

湯灌を自分だけで——そう言われてみればおかしな遺言だった。新吉は改めて、己の迂闊《うかつ》さを呪うとともに、お賤の周到さを恐ろしくも頼もしくも思った。

「今更証拠があるわけじゃなし。知らぬ存ぜぬでとおせばいいよ」

「そうも行かないよ。もしどこかへ訴え出られて、墓を掘っくり返されたりしたら」

あの傷が分からぬくらいに亡骸が朽ちるのには、どれくらいの時がかかるんだろうか。

江戸のように火葬ならば良かったのに——棺桶に密かに入れて、豊志賀の書き置きを燃やしてしまったことを思い出す。

「しょうがないねえ」

お賎はしきりに思案していたが、やがて「じゃあこうしよう」と新吉に耳打ちした。

それはこれまでの悪事に重ねてさらに恐ろしい策だったが、今の新吉にはもう、お賎の言うことに従う外、道はないように思えた。

「さ、そうと決まったら行っておいで。悟られないように、しっかり始末を付けてきておくれよ」

お賎に背中をどやされるようにして、新吉は土手下の甚蔵の家までやってきた。

日はそろそろ暮れかかっている。

「兄ぃ、いるかい」

「おう。どうせ掃除もしてねえ、草履のまま上がりな」

新吉がいた時はもう少しきれいにしていたのだが、今は何も構っていないのだろう、百姓家の納屋の方がまだ人心地がするようだ。

「すまない。お賎には何にも話してなかったんだ。子細を言ったら、〝そりゃあすまなかった。じゃあこの際だから、旦那の隠し金を半金あげよう。それですっぱり縁を切ってくれないか〟って」

「旦那の隠し金の半金……。そりゃあいったいいくらだ」

「聞いて驚くなよ、二百両だ」

「二百……じゃあ、百両くれるっていうんだな」

「ああ。ただ、旦那は用心深くてな。金は根本《ねもと》の聖天山《しょうでんやま》に埋まってるんだ。お賎が言うには、〝女一人で掘り出すのは難しい。場所を教えるから、どうせなら二人で行って手に入れてきてほしい〟って」

甚蔵はすっかりその気になったようだ。

――よし。抜かりなくやらねえと。

「なるほど、あの旦那ならありそうなことだ。で、いつ行く」

今からでも出かけたそうな顔だ。こちらの思うつぼである。

「うん、あすこの山はこの時期になると自然薯《じねんじょ》掘りなんかで行くやつがあるから、早いほうがいいな。昼間だと人目に付くといけねえし。兄い、今から出られるかい」

幸い甚蔵の家の土間に鋤《すき》がある。意気揚々とそれを担いでいく甚蔵を先立てながら、新吉はお賎に言われたとおり、聖天山を登り、山頂近くの社の、手水鉢《ちょうずばち》のあるあたりへやってきた。

「たぶんここだと思うんだが。掘ってみよう」

欲の皮が掘らせるのだろう、甚蔵はせっせと穴を掘り進めていく。新吉も怪しまれない程度に調子を合わせる。

「おれは人が来ないようにここで見張っているから、兄ぃもう少し掘ってみておくれ」

ひたすら掘り進めるが、何も出るはずはない。出るのは汗ばかりである。

「おい、新吉。喉が渇くな。手水鉢は空だし。どこかに水の出ているところはないか」

「ううん。そうだな。この裏手の崖の途中に清水が湧いているみたいだが」

「そうか。しかし、だいぶ谷だな」

松や柏《かしわ》がうっそうと繁り、あたりは青々としている。

「すまねえ。おれは意気地がねえから……。兄ぃどうだ、この木の根元から太い蔦《つた》葛《かずら》が伸びている、こいつにつかまっていけば」

新吉はそう言って、手水鉢のところにあった柄杓《ひしゃく》を差し出した。

「へえ、気が利くな。とてもおまえの智恵とは思えねぇ。よし、ちょっと行ってくらあ」

木々の根を踏み、蔦葛を頼りに湧き水のあるところまで下りていった甚蔵は、喜んで水をごくりごくりと飲んでいる様子である。

「兄ぃ。おれにも汲んできてくれよ」

「なんだとぉ。手前で下りてこい」

「だめだよ、おれは高いところ怖いんだ。頼むよ」

「しょうがねえやつだ」

甚蔵は水を汲んだ柄杓の柄を口でくわえ、蔦葛にすがって慎重に足を運んでくる。

——今だ。

足がかりの乏しそうなところにさしかかったのを見計らって、小刀を抜き、蔦葛をぷつりと切る。

ずどーんと滑って落ちる音がした。ばらばらといくつも石が転がり落ちていく音が続いているが、人の声は聞こえてこない。悲鳴を上げる暇もなかったらしい。

十中八九、これで命はなかろうが、念のためと、手近にあった大きめの石を、甚蔵が落ちていったと思しきあたり目がけて、ごろごろといくつも転がし落とした。

——よし。やったぞ。

すべて、指図どおりにやり遂げた。

目を上げると、太り始めた月が雲間から顔を見せている。

新吉は一目散に山を駆け下り、お賎のもとへと急いだ。

「開けておくれ、おおい。開けておくれ」

「新さん。どうだい、うまくいったかい」

大きくうなずいてみせると、お賎はさらに念を押した。

「あたしの言ったとおり、あとから石をちゃんと落としただろうね」

「やったやった。抜かりはないよ」

「骸《むくろ》も確かめたのかい。しぶとそうな男だけど」

お賎はまだ心配そうだったが、新吉は軽くかぶりを振った。

「そこまでしなくてもいいだろう。落ちただけでも大けがだろうし、あのうちどれか一つでも当たったら、間違いなく頭の骨が割れちまうさ。それより着物が泥で台無しだ。どうにかしてくれ」

お賎は手回しよく金盥《かなだらい》へ湯を入れて、丁寧に身体を拭ってくれた。

「さ、これをお召しよ」

着替えを出してもらい、さっぱりしてようやく人心地がつく。

酒肴《しゅこう》の載った膳が出てきて、燗《かん》の付いた酒をやったりとったりしていると、すっかりいつもの二人に戻っていく。

「良かった。心配してたんだよ。おまえさん、どこか詰めの甘いところがあるから」

「いやあ、途中で〝とてもおまえの智恵とは思えねぇ〟って言われた時はさすがにどきりとしたが、まああの悪党もこれでおしまいだろう」

「そういうおまえさんも、立派な悪党におなりだねえ」

流し目をくれながらそう言うお賎の指が、頬をちょんちょんと突く。

夜も更けた。

戸締まりをし、床を延べて寝支度にかかっていると、小枝をしきりに折るような音が聞こえてくる。

「なんか、音がするぜ」

お賎はまるで意に介さず、「犬かなんかだろう」と床に入ろうとした。

――こういうの、気になると寝付けねぇから。

雨戸を少しだけ開けて音のする方を見る。折しも村雲が途切れて、月明かりが庭をぼおっと照らす。

ばりばりと音をさせながら近づいてくる影に、新吉は声にならぬ悲鳴を上げながら尻餅をついた。

「どうしたんだい、おまえさん」

震える指で向こうを指す。

髪はざんばら、頭から幾筋も流れる血を顔と言わず肩と言わずしたたらせて、庭に仁王立ちしてこちらを睨《にら》んでいるのは、紛れもなく甚蔵である。

「中へ入れちゃあ面倒だよ。おまえさん、外へ連れだして、土手でなんとかおしよ。あれだけ怪我をしているんだから、なんとかなる」

「む、無理だ、そんなこと」

尻込みしているとあっという間に縁側へ足をかけて雨戸の隙からぬっと腕を差し入れ、新吉の胸ぐらをつかんで外へ引きずり出した。

「この野郎。よくも嵌《は》めやがったな。おおかたお賎のアマの差し金だろうから、二人とも生かしちゃおかねえが、まずはおめえの始末からだ」

川へでも突き落とそうというのか、甚蔵は新吉をずるずると土手へ引きずっていく。手負いとは思えぬ馬鹿力で、まるで逆らうことができない。

——なんだ、気味の悪ぃ。

ふと見ると、裸同然の身体にいつも甚蔵が巻いている馬の腹掛けが破れ、ふだん見せない肩が剝き出しになっている。

——化け物みてぇだ。

肩口には赤黒い痣《あざ》が広がっていて、そこから黒く太い毛がびっしりと生えていた。痣は人の顔の形のようにも見える。まるでここから化け物となって浮き出てきそうだ。

もしかしたらこの人は、人の形をしてはいるが、鬼か、それとも妖怪変化か。ともかく、人ではないんじゃないか。

引きずられながら、新吉は地獄の番卒にでも引っ立てられている気がしてきて、思い切り泣きわめいた。

「悪かった、兄ぃ。勘弁してくれ。後生だから助けてくれ。ここに持っている金は、全部兄ぃに渡すよ」

「そんな言い草が信用できるか。こうしてやる」

腕がねじ上げられる。甚蔵の拳が三つ四つ、顔に飛んできた。痛みで体がばらばらにされるようだ。

月明かりに何か閃《ひらめ》いた。甚蔵が腰から出刃包丁を取り出した。

――殺される。

「た、助けてくれ。頼む」

胸元に出刃包丁の切っ先が突き立てられた。

ずどん。

当たりに響き渡った音とともに、甚蔵の身体がぐらりと揺れた。

――なんだ。どうなってるんだ。

「うぉっ」

うめき声を上げた甚蔵は、出刃包丁を持ったまま立ち上がり、身体を反り返らせたかと思うと、口からどろどろとしたものを吐き出し、新吉に覆いかぶさるように前に倒れてきた。

――血反吐《ちへど》だ。

すんでのところでとびすさって、甚蔵の肩の毛の生えたあたりにもびっしり、赤黒い血反吐がまとわりついているのが目に飛びこんでくる。

新吉はようやく息を深く吐き出すと、改めてあたりを見回し、自分に命があることを確かめた。

猟師の流れ弾だろうか。ありがたい。

とはいえ、もしそうなら、一部始終を見られているかもしれない。自分もうかつに動かない方がいいだろうか。

しばらくあたりを伺っていたが、鉄砲の音はもう二度とせず、静まりかえっている。

目を凝らすと、ちろちろと火縄の火と思しき、瞬《またた》く灯《あか》りが少しずつ近づいてきた。

——あれは、お賎の家の方からだ。

やがて現れたのは、寝間着姿のお賎だった。

「新さん、怪我はないかえ」

腕には種子島《たねがしま》を抱えている。

「お、おまえ……」

「旦那がね、小鳥撃《う》ちをちょいちょいなさってさ。あたしにもやってみろって、この種子島の使い方、教わったことがあったのさ。おまえさんを助けようにも、刃物じゃきっと敵《かな》わないし、どうしたもんかって思案していて、これがあるのを思い出して」

新吉は改めてお賎の度胸に肝を潰す思いだったが、ぐずぐずしてはいられない。

「こうなったら逃げるしかねぇな。四十九日までなんて、のんきなことを言ってる場合じゃない」

「そうだね。法事の席でもらえるはずだったお金もあるから惜しいけれども、捕まったら元も子もないからね」

家に取って返すと、二人で家中の金目のものをすべて風呂敷に包み込んだ。

「さ、おまえさん、逃げよう」

どこへというあてがあるわけではない。

さりとて、もうこのお賎とともに逃げるより外、新吉の道は残されていなかった。

やがて昇りはじめた日の光を避けるように、二人は羽生村を離れていった。

五　お隅《すみ》

寛政《かんせい》十一（一七九九）年十二月十六日――。

折から降り出した雪で、外は一面の雪景色である。

――目指すは、あと一人。

水海道《みつかいどう》の茶屋、麴屋《こうじや》での一室で、お隅は匕首《あいくち》にべっとりと付いた血糊《ちのり》を丁寧に拭った。

「南無阿弥陀仏、南無阿弥陀仏……」

男は布団の中で、喉から血を流して息絶えている。手にはまだ、匕首《あいくち》を喉に突き立てた時のなんとも言えぬ手応えがじわりと残っていた。

――憎いやつだが、念仏くらいは唱えてやろう。

だから、あと一人、もう一人を殺すまで、絶対に私の邪魔をしないで。

どうしても、あいつを。私からすべての仕合わせを奪った、あいつを。

――惣次郎《そうじろう》さま。

私もきっと、もうじきおそばへ参りますから。またかわいがってくださいね。

よくやったと、誉めてくださいね。

今でも目を閉じれば、惣次郎の優しい目、柔らかな手、穏やかな声が胸のうちに蘇る。

――愛《いと》しいお方。

惣次郎と出会ったのも、この麴屋だった。寛政九年（一七九七）の秋のことだ。

「お隅と申します」

「惣次郎です。羽生村《はにゅうむら》で名主をしています。よろしうお頼申します」

「おいおい、惣次郎、ここをどこだと思ってるんだ。こういう女にそう丁寧に挨拶をする者があるかい」

友人らしき男に連れられてきた惣次郎は、そう言われて頭をかいて顔を朱《あか》くしていたが、お隅はいっぺんにその人柄を好ましく思った。

お隅の父親は武家だったが、お隅が十七歳になった頃、主家の内紛のあおりを受けて浪々の身となった。ほどなくして母親が病死すると、父は昔の知己を頼り、新たな仕官先を求め、お隅を連れて旅に出た。

麴屋は酌婦《しゃくふ》も置くが、平旅籠《ひらはたご》として泊まることもできる。たまたま父娘でここに泊まり合わせた時、父が高熱を出して動けなくなった。

父は長患いとなり、三月もの長逗留《ながとうりゅう》のあと、薬石効《やくせきこう》なく彼岸の人となった。

麹屋の亭主はいやな顔一つせず、一度も宿代を催促せぬどころか、薬代まで立て替えてくれたのみならず、弔《とむら》いまで出してくれた。

「ご亭主。このご恩、なんとかしてお返ししとうございますが、私がここで働くことはできましょうか」

そう申し出たお隅を、亭主は快く酌婦に雇ってくれた。

「お隅さんのような人が酌婦で出てくれれば、うちの格も上がりましょう。ただ、無理に枕付きで出なくていいですからね」

亭主がそう付け加えてくれたのは、お隅にとっては真実、心の底からありがたいことだった。

枕付き――客の給仕だけでなく、床にも奉仕することを意味する。

お隅もすでに二十歳になっていたので、こうした旅籠の女たちの生業《なりわい》については知識もあり、自らが枕付きで出ることも覚悟していたが、しなくても働く道があるというなら、やはりその方がありがたい。

互いに物堅い同士で惹《ひ》かれ合ったと見え、惣次郎はそれからたびたび一人でも麹屋へやってきて、お隅に酒肴《しゅこう》の相手などをさせるようになった。

はじめのうちは、泊まっていくことも滅多になく、ただの話相手に過ぎなかったが、そこはやはり年頃の男女である。

ひとたび身体を重ねれば、いや増し日増しに情けが募る。

歳《とし》の暮れが近づく頃には、惣次郎が三日に上げず麴屋へ来るようになり、お隅は有り難《がた》く思いながらも、いくらか心配になっていた。

「惣次郎さま。こうたびたびおいでくださるのは本当に嬉《うれ》しいのですけれど、お家の方で心配なさるのではありませんか」

「なあに、気にしなくても良い。私はまだひとり身だし。それに、うちは亡くなった父がなかなかの道楽者でね。恥ずかしい話だが、岡場所の女郎を身請けして、わざわざ別宅を建てて妾《めかけ》に囲っていたような人なんだ。だから母も度量が広いんだよ」

名主ともなれば羽振りも良い。さもあらんと思いながらも、お隅は心中穏やかでなかった。

――いずれ惣次郎さまが、奥様をおもらいになったら。

そうしたら、自分はどうなるのだろう。

「ね、お隅。正月になると法恩寺《ほうおんじ》に相撲が来るだろう。今度はぜひいっしょに見に行こう」

「お相撲？」

「ああ。花車《はなぐるま》という関取がいてね。信州の出だが、相撲取りになる前は重吉《じゅうきち》といって、うちで三年ほど奉公していたんだ。だから羽生村ではみな花車を贔屓《ひいき》にして、見物に行くんだよ」

村の者が大勢が集まる場へ、自分を伴って行ってくれるというのか。

「分かりました。楽しみにしています」

もちろん、あくまでお隅も酌婦だから、いつもいつも惣次郎の相手ばかりしていられるわけではない。

「おお、お隅どの。まこと、そなたは見れば見るほど、鄙《ひな》には稀《まれ》な美形よのう。どうじゃ、今宵あたり、某《それがし》のもとへ来ぬか」

ごつい毛の生えた指がお隅の手を取ろうとしたので、とっさに払いのけてしまう。

「ありがとうは存じますが、私は床のお相手はせぬ者でございます。なにとぞお許しを」

「そう堅いことを申すな。それに、まったく相手をせぬわけではないと聞いたぞ」

むさ苦しい指の持ち主である、散らし髪を撫《な》でつけた筋骨たくましい男は、口の端を左だけ上げてにやりと笑う。下卑た顔だ。

「な。悪いようにはいたさぬ」

「いやでございます」

つい、強く振り払って、ほかの客たちがじろじろとこちらを見る。

――いやな人だ。

本当ならぴしりと「無礼者！」とでも浴びせてやりたい。

横曽根《よこぞね》に剣術道場を開いているというその安田《やすだ》一角《いっかく》という浪人が、あいにくお隅は虫唾《むしず》が走るほど嫌いである。

田舎の人を見下した横柄な物言いや、徒弟らしき浪人者を常に供にして、何かというと武張《ぶば》った態度を取るのが、自分ももとは武家の出だけに、いちいち癇《かん》に障るのだ。

さりとて、そんな者でも麹屋の客は客だから、どうにか適当にあしらって、機嫌良く帰ってもらわなければならない。

――いつまでこうして暮らすのだろう。

床づとめはせぬと言っても、酌婦は酌婦だ。ひとまず亭主が父のために立て替えてくれた薬代や弔いの費用などを返すまで、と思ってはみるものの、その後はいったいどうするのか。

己の行く末を思い描けぬつとめにあって、お隅の心の支えは、惣次郎だけだった。

年が明けると、惣次郎は本当にお隅を連れて報恩寺まで出かけた。

「すごい人ですね」

かき分けるようにしないと、互いを見失いそうである。

「そうだね。お隅、私の手を離さないように」

つないでくれる手の温もりに、客と酌婦であることを忘れそうになる。

ようよう近くまで来たが、出立が遅かったせいか、人出が多すぎて相撲場へは入れそうにないという。

「残念だな。でもせっかくここまできたんだ。花車に使いを出して、取り組みが終わった頃に訪ねて行くと伝えよう」

惣次郎はそう言って、それまでの暇つぶしにと、大生郷《おおなごう》の天神前《てんじんまえ》にある宇治《うじ》の里《さと》という料理屋へとお隅を伴った。

料理屋の方では、惣次郎を羽生村の名主と知っているので、一番奥の、小間だが上等の部屋へ二人を通してくれた。

惣次郎のあとをついて、廊下を歩いて行くと、聞き覚えのある濁声《だみごえ》がする。

――まあ、選《よ》りに選って、いやな人が。

気づかれぬようそっと通り抜けた、つもりだったが。

惣次郎と軽く一献の後、やはり軽めの膳をいただいて、出ようとした時だった。

「あっ」

廊下で何かにつまずいた。見れば足下に刀の鐺《こじり》が三つ、突き出ている。

――しまった。

難癖をつけようとわざとやったのだろうが、ここは詫《わ》びるしかない。

「これこれ待て。そこのお二人」

いかにも待ち構えていたらしい、舌なめずりでもするような声である。

「いやしくも武士の腰のものに、足をかけるとは何事か」

惣次郎が慌てて詫びを入れてくれたが、難癖を付けること自体が目当ての輩《やから》ゆえ、いっこうに聞き入れる様子がない。

「名主役をつとめるほどの者が、かほどに礼儀を知らぬとは」

「女に足蹴《あしげ》にされた刀を、このまま帯びることもできぬ。いかがしてくれる」

連れの浪人と三人、安田はねちねちと雑言を並べ立て、二人の前に立ちはだかった。

「重々恐れ入りましてございます。それでは、どのようにお詫びをすればよろしいので」

惣次郎の丁寧な問いに、安田は鼻をうごめかした。

「刀を清めて返せ」

「清めるとおっしゃられましても。私は百姓でございますから、かような物の扱いは存じ上げませぬ」

惣次郎も時折道場に通っていて、刀についてもそれなりに心得はあるのだが、なにしろ相手が相手だから、ここはうっかりしたことは言えぬと、用心している様子である。

「なんだと。さようなことも知らずに名主がつとまるのか。おかしなものだ」

騒ぎを聞きつけて、店の亭主も出てきていっしょに詫びてくれたが、安田の態度はますます嵩《かさ》にかかるばかりである。

――やはり自分が出て謝った方がいいのかもしれない。

お隅は廊下に膝をつき、両手を前についた。

「安田先生、いつもご贔屓をありがとうございます。今日はどうか一つ、お慈悲を以《もっ》てお許しを」

「ふん。何の戯言《ざれごと》だ」

にやにや、何やら魂胆ありげである。

——どうしようというのだ。

困り果てていると、鴨居《かもい》をくぐるようにして、大きな男が姿を見せた。

「さっきから聞いておりましたが。どうぞわしに手打ちをさせてくだんせえ」

「おや、花車じゃないか。訪ねて行こうと思っていたが」

「たまたま、客人にここへ連れられて参りました。旦那がおいでだと店のご亭主に聞いたから、挨拶をと出て参りましたら、この騒ぎ。さて先生、わしは駆け出しの相撲取りで、花車重吉と申します。どうぞこれを縁に、ご贔屓に」

思わぬ仲裁に、安田は渋面を作った。

「わしは相撲が嫌いなんだ。関取が何の用だ」

「はい。ですから……」

お隅もこうして間近で関取を見たのははじめてだったが、大きな形《なり》で太い声、にも関わらずなんとも愛嬌がある。関取というのは概してこうなのか、それとも花車という人の人柄なのか、それはよく分からないが、ともあれ頼もしい気がした。

しかし、花車が再三、惣次郎に代わって詫びを入れても、安田はいっこうに聞き入れる様子はなかった。

「よう先生、たいがいにしろよ」

「たいがいにしろよとはなんだ」

「これは言い損なった、相撲取りとはこんなものでな。勘弁しろよ」

「なに！」

ばしゃっと音がして、花車の大きな身体に温い水しぶきが飛んだ。安田がそばにあった飲み冷ましの入った大杯を両手で取って投げつけたのだ。

「先生、何をなさるかね。わしはこのとおり、力ばかりで智恵のないものだが、いったん預かった一件を手打ちにできんでは、四股名《しこな》の恥になる。どうぞ、こうならこう、どうならどうと、けじめの付け方を教えてくだっせい」

安田の顔がにやついている。

「よし。それは面白い。ならば、事の発端はそもそも、それなるお隅という女の無礼にあるのだから、その女をこちらへ引き渡してもらおう」

やはりそういうことか。お隅は改めて、ここで安田に出会ってしまったことを呪った。

「それはできませぬなあ。ほかのことにしていただけませぬか」

「何、できぬと申すか。刀は武士の魂じゃ。それを足蹴にされたのだからな。どうあっても、この女を引っ立ててまいるぞ」

お隅は身を固くした。惣次郎がぐっと引き寄せてくれたのが分かる。

「困ったお人だ。相撲取りが、この大事な身体を投げ出してこらえてくれと言うのをお聞き入れにならんとは。なら、わしの方でも、どうあってもこのお女中をそちらへやることはでけぬ。そう決めました」

ほかの座敷の客たちが大勢、野次馬に集まってくる。

「因業《いんごう》な侍だな」

「あの関取は見所があるぞ。おれは次から贔屓にしよう」

騒ぎが大きくなってきたのを見て取って、花車が「先生、外へ出なっせい。わしは逃げも隠れもしません」と顎をしゃくった。

「良いだろう」

外へ出るが早いか、安田たち三人が刀を抜いた。

野次馬たちが悲鳴を上げながら遠巻きにする。

「先生。ここは天神さまのご神域。わしら相撲取りはみな、天神さまの由縁《ゆかり》の者ってことになってるから、ここで喧嘩《けんか》するわけにはいかねえ。どうぞ鳥居の外へ」

この理詰めには安田たちも思うところがあったのか、だんだんと外へ下がっていく。遠巻きの野次馬たちもいっしょになってじりじりと場所を移す。

「惣次郎さま。どうしましょう、こんなおおごとになって」

「困ったな。とはいえ、私がここから逃げるわけにもいかない。ともかくお隅、おまえは怪我をしないように」

お隅は鳥居の内側にとどまったまま、惣次郎の背に隠れるようにして成り行きを見守っていると、外へ出た花車がその場にどっかりと座り、煙草入れを出して、ぷかりぷかりと吸い始めた。

――まあ、度胸のあること。

野次馬たちは大喜びで手を叩《たた》き、「踏み潰せー」「やっちまえ」などと叫んでいる。

「その方、愚弄いたすか」

「いやいや。もし先生にここで斬られたら、もう二度と煙草は吸われねえ。末期の煙じゃ、お許しくだせえ」

胡坐《あぐら》をかいたままゆっくりと煙草を吸う花車のまわりで、三人がじりじりと刀を構えている様は、喧嘩だというのにどこか間が抜けている。

やがて煙草を吸い終わった花車は、やはりゆっくりと煙管《キセル》をしまうと、帯びていた脇差しとともに地面に置き、その上にはらりと着物を脱ぎ捨てた。あくまで素手で応じようというのだろう。下にはまわしを付けたままの姿であった。

「よっ、いいぞ！」

見物の声がどこまで聞こえているのか分からぬが、花車は満座を見渡してにっこり笑うと、くるりと振り返って安田たちに背を向け、天神様の鳥居に向かって深々と一礼した。

「この鳥居も、見納めじゃなあ」

言うとともに、太い腕で鳥居をぐっと抱えた。

「大きいなあ」

野太い声とともに、「どぉん！」という地響きがした。

鳥居のてっぺんの笠木《かさぎ》が、安田たち三人を目がけて落ちた。かろうじて避けたものの、すぐ足下にめりこむように落ちてきた笠木は、土埃《つりぼこり》をもうもうと上げて目も開けられないほどで、これまでの勢いはどこへやら、不埒者《ふらちもの》三人は抜き身を提《さ》げたまま逃げ出していく。

「やっちまえ！」

反対に勢いづいた野次馬の中には、鋤《すき》や鍬《くわ》を手に三人を追っていこうとする者まであったが、当の花車は、のんびりと衣服を整え、煙草入れも脇差しももとのとおり帯に下げて、惣次郎とお隅の方へ向き直った。

「旦那。お宅までお送りしますよ。ああ、麹屋さんへ行くのが先か」

「助かった。何か礼をさせておくれ。何がいい」

花車は目をぐるぐるっと回すと、「そうだね」と首を傾《かし》げた。

「わしの名前で、鳥居を奉納してやってくだせえ。壊しちまったからねえ」

笠木がなくなって間抜けな姿になった鳥居を見上げて、花車はくっくと肩を揺すって笑った。

こうしてその場は納まったものの、報恩寺での場所が千秋楽となり、花車が江戸へ帰ってしまうと、お隅は思わぬ窮地に立たされることになった。

「あの名主の若旦那は来ていないのか」

「おいでになりませんよ」

「ふうん……。またお目にかかりたいもんだがな」

花車がいなくなってから、安田は毎日のように麹屋へ来ては、ちびちびと安酒を舐《な》めながら居座り、何かにつけお隅に絡んでは、性懲りも無く惣次郎を待ち構えている様子である。

――なんて執念深くて恥知らずなんだろう。

いやしくも武士の端くれ、しかも剣術家を名乗るような者なら、あんな目に遭ってよく人前に出られるものだと思ったが、よく考えれば、恥知らずで執念深いからこそ、そもそもかような事を起こすのだ。

お隅はもう安田の顔を見るのも、安田の〝や〟の音を聞くだけでも気分が悪いが、このまま黙っていてはまた惣次郎に難儀がかかってしまうだろう。

――会えないのはつらい。でも……。

思案の末、惣次郎に手紙を書いて子細を知らせ、「当分麹屋へはおいでにならないでください」と伝えた。

「なんだ、近頃あの野郎は来ないのか」

「ええ、おいでになりませんよ」

「そうか。薄情なもんだな。どうだ、それならやはりわしの相手をせぬか」

安田は惣次郎が顔を見せぬのを良いことに、わずかな酒で長い間粘っていく。

――惣次郎さま。

もう何日も顔を見ていない。時折よこす手紙だけを頼りに、お隅はつとめを続けていた。

――どうなるんだろう。

向こうは名主の若旦那だ。こうして会えずにいるうちに、歴としたところから縁組の話でもあれば、きっとお隅のことなど忘れてしまうだろう。

――父上。

私はこの先いかがすれば良いのでしょう。

店へ断って墓参りをして帰ってくると、亭主から「お隅さん、すぐに内証《ないしょう》まで来ておくれ」と、帳場のある奥の座敷へ呼び出された。

行ってみると、見慣れない白髪頭の隠居が座っている。

――なんだろう。

「作右衛門《さくえもん》さん、これが今お尋ねのあったお隅でございます」

きちんと座って頭を下げる。

「なあるほど。これは美しい。若旦那が惚れるのも無理はありませんな」

聞けば、作右衛門は羽生村で名主の相談役をしているという。

「や、酌婦をしてる娘さんだというので、はじめはお袋さまも反対で。そもそも若旦那が麹屋へ頻繁に出入りするのもいやがっておいででね」

無理もない。夫の妾道楽を大目に見ていたからといって、息子の遊びまでおおらかに見過ごせるものでもなかろう。

「ほかに縁談もあるということだったんだが、若旦那がどうしてもお隅さんでないといやだというんですよ」

このところ会うことさえままならない惣次郎なのに、そんなふうに言ってくれていたとは。

「まあそれで、内々でいろいろ、調べさせてもらいましてな」

お隅の出自や、酌婦になったいきさつ、安田との一件のあとの応対などを、作右衛門は細かに惣次郎の母親に伝えたらしい。

「私は、〝そういう娘なら身請けをして嫁にしてもいいんじゃないか〟と言ったんだが、お袋さまは、やっぱり自分の目で確かめないと気が済まんそうでな。〝まずは行儀見習いということで家に迎えてみたい。その上で馴染《なじ》めるようであれば、先々嫁として披露すれば良い〟とおっしゃるんだ」

亭主の前には金包みが置かれている。

「お隅さん、ありがたい話じゃないか。もちろん、異存はないだろう」

もちろん、嬉しい。惣次郎にそこまで思っていてもらえたのだ。嬉しくないはずがない。

――でも、これは試されるということだ。

名主の嫁としてふさわしいかどうか。これまでのように、惣次郎にだけ気に入られていればいいというのではない。

――父上。母上。

見守ってください。

お二人に死に後れた私が、仕合わせになるための、道筋を。

翌日、お隅は作右衛門に伴われて、麴屋を後にした。

惣次郎の家に着くと、はじめに与えられた部屋は、予期したとおり、女中部屋だった。

「お隅、すまないね」

「いいえ、旦那さま。いいのです」

「おっ母さんはもう少し寛容な人だと思ったんだが、なかなか厳しくてね。人品骨柄を自分が見極めないうちはけじめを、と言って聞かないんだ」

家が取り潰しにならなければ、せめて父が生きていればと、もちろん思わぬわけではない。もしそうだったら、今頃江戸のどこかの武家屋敷で、お嬢さま、あるいは奥さまと呼ばれて安穏に暮らしていただろう。

――だいじょうぶ。

武家の娘として、行儀作法、炊事洗濯裁縫、女一とおりのことは、亡き母に厳しく仕込まれてきた。だからこそ、杜漏《ずろう》な暮らしに陥りがちな酌婦の中にあっても、身を持ち崩すことなく、惣次郎のような堅い男に見初《みそ》められたのだ。

お隅は、惣次郎に尽くすことは言うまでもなく、母親にも油断なく仕え、また惣吉《そうきち》という年の離れた弟の面倒もよく見た。

その年も暮れようという頃だった。

自分の部屋で繕い物をしていると「入ってもいいかえ」という声がした。

襖《ふすま》を開けて入ってきた姑は、お隅の前にきちんと座ると、正面からこちらを見た。

――なんだろう。まさか。

出て行けと言われるようなことをした覚えはないが。

胸がどきどきと高鳴ってくるのを抑えつつ、手にしていた繕いものを脇へおしやった。

「お隅さん。おまえさんは、惣次郎にはもったいないようなお人だよ」

「お姑さま……」

安堵と喜びで、目のあたりが熱くなる。

「いろいろ、疑りぶけぇことをば、あれこれして悪かった。許しておくれ。実はね」

姑はぼそぼそと、打ち明け話を始めた。

「これは、惣次郎にも言ってないけれども」

姑が話したのは、亡くなった惣次郎の父、惣右衛門《そうえもん》のことだった。

「江戸の深川《ふかがわ》から、若い女郎を身請けして。うちへ連れてきたんだよ、私に断りもなしに」

「深川の女郎……」

「そう。はじめはここへ置くっていうから、さすがにそれはやめてくれって頼んだの。ねえ、いくらなんでも同じ屋根の下はひどいじゃないか」

結局、惣右衛門はお賤《しず》というその女を、村はずれに新しく家を建てて囲っていたのだという。

「はじめは我慢していたけどね。なんだか、年が経《た》つにつれて、だんだん許せなくなってきて。つい、累《かさね》さまの墓へ、願をかけたのさ」

「累さまの墓？」

累の伝説なら、お隅も知っている。

「羽生村にはね、累さまの墓があるの。亭主が外へ女を作ったら、累さまの墓に願をかけると、女と手が切れるってこのあたりの者はみんな信じているんだよ」

——そんな言い伝えがあるのか。

「でもね。そうしたら、女と手が切れるどころか、旦那が病気になっちまったのさ」

「ご病気に」

「そう。女と切れるくらいなら、病気になった方がましっていうのが性根か、と思ったら、ほとほと呆《あき》れはててねえ。看病するのがどうしてもいやになったんだよ」

きっと惣右衛門の病と、累への願掛けとは関係のないことだろうと思いつつも、そう考えてしまった姑の胸のうちは分からないでもない。

「だから病人を妾のところへ押しつけちまったの。あちらの方が行き届くでしょうって。そしたら、そのまま妾のところで死んだのよ、あの人」

姑の目に涙が滲《にじ》んでいた。

「なんだか、こっちが悪いことしたみたいな気にもなって、ずいぶん悔やんで。でもしょうがないじゃないか」

つらい話だ。きっとこれまで、誰にも言わずにいたのだろう。

嫁姑。世間ではうまくいかぬものと相場は決まっているが、この人とならやっていけそうだとお隅は思った。

「今、そのお賎という人はどうしているんですか」

「さあ。四十九日も済まないうちに、いなくなっちまってね。きっと、若い男と逃げたんだろうって、みんな言ってるよ」

——なるほど。ありそうなことだ。

「そんなことがあったものだから、どうしても、女郎だの茶屋女だのって聞くと、心配になってね。惣次郎は何度も〝お隅は気立ての良い、しかも武家の娘らしく性根のしっかりした女です〟って私に繰り返して。確かに、そのとおりだね。まちがいないよ」

ありがたい。涙がこぼれてきそうだった。

「今年の内に内祝言をしよう。で、来年には、どこかちゃんとしたところの養女ってことで、村中に嫁入りの披露目をするから、そのつもりでいておくれ」

ほどなく、お隅の寝間は女中部屋から惣次郎の座敷へと移った。

寛政十二（一七九九）年の正月を、お隅は「名主の若奥さま」として迎えた。


秋、年貢を集める算段が一段落つく頃に、披露目をしよう――惣次郎も姑もそう言って、少しずつ支度を調えていた、夏のことだった。

惣次郎が男を一人、拾って戻ってきた。

夏だというのに、羽二重《はぶたえ》の袷《あわせ》を着て、裾《すそ》も袖もぼろぼろにすり切れ、襟《えり》には垢《あか》がたまり身頃《みごろ》は色褪《いろあ》せて、黒というより安物の羊羹《ようかん》のような色になっている。帯はもとは献上博多なのだろうが、ぞろぞろとまるで猫じゃらしのような有様だ。

「おまえさま、このお方は」

「今そこで百姓たちに打擲《ちょうちゃく》されていたんだ」

「打擲？」

「瓜《うり》を盗んで食べたというのだが、聞けばもう何日もまともに食べていないというのでね。放免する代わりに、うちでしばらく働いてもらおうと思って」

人の難儀を見逃せない惣次郎の優しさは好ましいが、こんな浪人者を拾ったりして大丈夫だろうか。

姑も思いはお隅と同じだったようで、袖を引いて「大丈夫かい」と声を潜めた。

「もとは、江戸のお旗本のご用人だったそうで、算盤《そろばん》が得意だとおっしゃる。ずっとというわけではない、暮れまでいてもらえば、うちの方でも年貢の段取りが早く済んで助かると思ってね。……それに」

惣次郎は言葉付きを改めた。

「ああいう食い詰めた人は、簡単に解き放てば、またきっとよそでも同じように罪を犯すにちがいない。村によっては、簀巻《すま》きにして川へ放ったり、生き埋めにしたり、といった仕置きをするところもあるだろう。できれば、私が名主をしているところで、そういった惨《むご》いことが起きないよう、食い止めていきたいんだ」

惣次郎の口調には、若いながら村を自分の才覚で治めていこうという気概が感じられて、姑もお隅も、それ以上は口を挟めなかった。

「さ、お隅、着替えを出してやっておくれ」

山倉富五郎《やまくらとみごろう》という男は、自分で言ったとおり、確かに算盤も達者で帳簿付けもできる。

衣服を整えてやるとそれなりに押し出しもよく弁も立って、惣次郎の代わりに百姓たちへの指図を出すにも重宝する。

「ただ今戻りました」

お隅が一人で留守番をしていたある日、山倉がふらりと帰ってきた。惣次郎は所用で遠方へ泊まりで出かけており、また姑も寺参りに行って、まだ帰って来ない。

——あら、山倉さん、お酒？

どうやら外で飲んできたらしい。

「お帰り、山倉さん。なんだかご機嫌ですね」

近づいてくると酒の臭いがぷんぷんする。

大の男に飲むなではないが、惣次郎の留守にこの有様ではと、お隅はついとげとげしい口調になった。

「お隅さん、お隅さん。おまえさん本当は、しかるべきところの武家の娘だそうですね」

「それをいったいどこで」

「今日は、戸頭《とがしら》まで出ましたので、帰りに水海道で、麹屋さんに寄りまして」

根掘り葉掘り、お隅のことをもとの朋輩《ほうばい》たちに聞いて回ったのだろうか。酌婦同士というのは、足の引っ張り合いも多く、気の置けることばかりだったから、正直あまりいい気はしない。

「どうです、お江戸が懐かしいでしょう」

「それはまあ、懐かしくないことはありませんよ」

何が言いたいのだろう。

馴《な》れ馴れしい口調に、見くびられているようで不愉快だが、惣次郎の役に立ってくれている人に、あまり邪険な態度も取れない。

「名主と言っても、こんな田舎者の、しかも妾同然の扱いでは、あんまりお気の毒だ」

「そ、そんなことはありません」

何を言っているのか。披露目はちゃんとしようと、惣次郎も姑も言ってくれているはずだ。それともこの男、惣次郎から何かちがうことを聞いているのだろうか。

「田舎者は結局、富貴な方へ媚《こ》びますからね。武士の名誉なんて重んじちゃくれません。お隅さんのような人をこのままここへ置いておくのは実に気の毒だ」

山倉がにじり寄ってくる。

「ね、私といっしょに江戸へ帰りませんか。お隅さんのような人を女房だといって連れ帰れば、御家人の株くらいなら買ってくれる親類もあると思うんですよ、どうです」

「馬鹿なことを言わないでください」

思わず後ずさりしようとするお隅の手を、山倉がいきなり取って自分の頬へ押しつけようとする。

気持ち悪い、無礼者と叫びたくなった時、山倉の頭にぼんと何かがぶつかった。

「山倉さん、何の真似か」

見れば姑が、囲炉裏に焼《く》べる粗朶《そだ》を握って立っていた。

「こ、これはしたり」

「お隅をどうしようというのだ。これだけいやがっているのが分からないかね。だいたい、この人が惣次郎の女房だと、知らぬはずはあるまいに」

——お姑さま。

「恩を仇《あだ》で返すのか。今すぐ出て行け」

「いえいえ、とんでもない。実はこれも、惣次郎さまのおためを思えばこその、ちょっとした戯《たわむ》れでございまして」

何を言いだすのか。お隅は呆れて山倉を睨《にら》みつけた。

「何しろ、お隅さまは客商売をなさっていた上に、これだけのご器量。今私がしたようなことを、きっとこれからもあちこちからされるのではと思いましてね。ご注意を申し上げようと」

「余計なお世話だ。本当なら今すぐ出て行かせたいが、惣次郎のいない時に勝手な真似もできねえから、こたびばかりは見逃してやる。さっさと自分の部屋へ引っ込め」

山倉はしきりに額を手で触っている。粗朶で傷がついたのだろう。

すごすごと引っ込んでいく山倉を尻目に、姑がお隅に声をかけた。

「お隅、すまないね。惣次郎はどうも気性の優しすぎるところがあって、私は気がかりでね。

おまえはもっと、いやなことはいや、だめなものはだめと、遠慮のうはっきり言うてええだから。……そうでないと、女はいろいろとあとで悔やむことになる」

姑の言葉は身に染みた。

ただ、山倉の言っていたのも引っかかった。

……客商売をしていた女。

一度でもああしたところに身を置くと、一生その来し方はついて回るのだろうか。

――ならばいっそう、厳しく身を律していかなくては。

惣次郎にも姑にも、迷惑をかけたくない。

お隅は改めて、身を引き締めた。

八月になると、また報恩寺には相撲がかかる。

惣次郎もお隅も、花車に再会できるのを楽しみにしていた。

明日からいよいよ場所が始まるというので、報恩寺では近隣の顔役が集まって、花車をもてなそうということになっていた。

――ずいぶん今日は手間取っておいでになるようだけど。

帳面がなかなか合わないと、惣次郎と山倉がずっと額を付き合わせているうち、夕刻になってしまった。

何か軽いものでも出してくれと言うので、お隅は焼き魚と茶漬け、香の物で二人分の膳を整えた。

「じゃあお隅、これから行ってくるよ。羽織を出してくれ。提灯も頼む」

「今からおいでになるのですか。もう遅いですし、明日になさったらいかがでしょう」

秋の日は釣瓶《つるべ》落としで、もう日はすっかり暮れている。わざわざ提灯を下げて報恩寺まで行かずとも、とお隅は止めた。姑も横で心配そうに「今日のところはひとまず止《よ》しにしたらどうかね」と言っている。

「だいじょうぶだよ。万が一何かあっても、私だってそれなりに剣術の心得はある。それに山倉も同道することだから」

惣次郎が村の道場で、今も時折稽古をしていることは、お隅も知っている。

「はい。私も一応、武士の端くれですし。万一の時は、お役に立ちますよ」

先日の姑の剣幕に懲《こ》りたのか、あの一件の後、山倉がお隅にけしからぬいたずらを仕掛けてくるようなことは、ありがたいことに一度も無い。

「そうですか。ではどうぞお気をつけて」

——まさかあれが。

あれが惣次郎との今生の別れになるとは。

——強引にでも止めていれば。

悔やんでも悔やみきれない。

その晩遅く、惣次郎は傷だらけの亡骸《なきがら》となり、無言で戻ってきた。

同道した山倉の言によると、十四、五人もの盗賊が襲ってきて、二人で斬り合ったが多勢に無勢なので、自分はともかく逃げて人に知らせようとした。村の若い衆を呼び集めて急ぎ引き返したが、既に惣次郎は事切れ、盗賊は逃げ去ってしまった後だったというのであったが——。

それが真っ赤な偽りであったことは、惣次郎の三七日《みなのか》に訪ねてきた花車が、明らかにしてくれた。

花車によると——。

惣次郎と山倉が「盗賊に襲われて斬り合った」という騒動からほんの一時も経ぬ頃、花車も、惨劇のあった弘行寺《こうぎょうじ》の裏の林のあたりを通りかかったのだという。

「あのあたりは一本道で、暗い夜道ではありましたが、行く手の方で何か騒ぎが起きていることは見て取れました。何事かなと思っていると、わしの下駄にこんなものが突き当たったのですよ」

そう言って花車が差し出したのは、間違いなく、あの日以来どこへいったか分からなくなっていた、惣次郎の脇差しだった。

「やはり惣次郎さんのでしたか」

てっきり盗賊が盗んでいったものと、お隅は諦《あきら》めていたのだが、どうやらそうではなかったらしい。

「見てくだせぇよ。これ」

花車は惣次郎の脇差しをぐっと握ると、鞘《さや》から抜こうとしたが、刀は鞘にくっついたままである。

「おかしいでしょう。実はこれ、鞘に割れ目がありましてな。察するに、ここから松脂《まつやに》のようなものを垂らし込んで、抜けないようにしたんじゃないかと」

花車がなおも力を込めると、ようやく刀が現れたが、推察どおり、松脂でべとべとになっていた。花車の力を以てして、抜くのにかほどに苦労するのだ。盗賊に襲われたとっさの時に、惣次郎がこの刀を抜いたとは到底考えられない。

「どうもおかしいと思ったので、お調べの様子をしばらく待っておりました。誰が何を言うかと思って。山倉以外に、旦那が盗賊と斬り合ったと言っている者はないんですね」

惣次郎に気づかれずに、前もって刀にそんな細工などできるのは、同じ屋根の下で暮らしている山倉を置いて外にあるまい。

お隅に横恋慕した山倉が、自分では手を汚さずに惣次郎を亡き者にせんと、やはりお隅に執着する安田一角を謀《たばか》ったのではないかというのが、花車のたどり着いた答えであった。

花車から話を聞いたお隅が急いで山倉の部屋へ行ってみると、異変を察したのだろう、荷物も何もかも置いたままで、その姿は消えていた。そうしてその日以来、二度と戻ってこなかった。

――これはやはり、山倉が怪しい。

とは言っても、脇差しの松脂だけでは、二人の仕業だという確かな証拠にはなるまい。代官所でとぼけられればそれまでである。

「ここはやはり、二人をじかに問い詰めて、白状させるよりないでしょうな。お隅さん、惣吉さんといっしょに二人を捕まえて、惣次郎さんの仇討ちをする覚悟はありますか」

お隅は身体の芯が燃えるように熱くなってくるのを感じていた。

「もちろんです。そのためなら、私は命を捨てましょう」

「いやいや、お隅さん、ご自分の命は粗末にしてはならんですよ。わしが加勢してあげますから、慎重に」

花車はそうたしなめた。

江戸での本場所が終わったらまた来るから――そう言い残して、花車は去って行った。

「それにしても、花車関が通りかかるのが、もう少し早かったらねえ」――姑は何度もそう繰り返して嘆いたが、それはもう、言えばいっそう詮無き繰り言である。

「自分が加勢に戻ってくるまで、決して無茶をしてはならんですよ」――花車の心遣いは有り難く、お隅もそのつもりだったが、四十九日が過ぎる頃になると、考えが変わってきた。

惣吉はまだ九歳と幼い。「恥かきっ子で」と笑った姑は、「三十六歳の時に産んだのよ、命がけだったわ」と話していた。

――この仇討ちを背負うのは、私一人でじゅうぶんだ。

もともとの原因を作ったのはこの自分だ。姑や義弟を巻き込みたくない。二人には、惣次郎の志を継ぎ、名主の家をきちんと守って、安穏に暮らしていって欲しい。

そう決心したお隅は、二人の前から姿を消すことにした。

本当のことを言えば、きっと止められる。かわいがってくれる姑、慕ってくれる義弟。二人に止められれば、心が鈍る。ずっとここでいっしょに暮らしたい。

しかし、相手は山倉と安田の二人、いざとなれば花車の加勢を頼むことはできても、女の身で両方を仕留めるには、そうした情を捨てて、捨て身の覚悟でかからなければ無理だ。

そう思い決めたお隅は、あえて、「もう自分はこの家とは関わりたくない。披露目もまだだったことだし、離縁状をくれ」と素っ気なく言い捨てて、家を出ることにした。

「恩知らず」と罵《ののし》る姑の声、「義姉《おねえ》ちゃん！」と泣いて後を追ってくる惣吉の声。

二つの声に後ろ髪を引かれながら、胸中に流れる血の涙を冷たい笑みで隠して、お隅は惣次郎との思い出のつまった家を出た。

山倉に続いて安田もすぐに行方をくらませていたから、まず第一は二人を捜すことから始めなければならなかった。

お隅はまず、自分の身を餌にして、二人をおびき寄せた。

ふたたび麴屋の主人に頼んで酌婦となり、しかも「こたびは枕付きで出る」と喧伝《けんでん》したのだ。

警戒して来ぬかもしれぬ。いや、通常の人の心の持ち主なら、来ぬだろう。それでも、思いつく手段はそれしかなかった。

これで見つからぬ場合は、また別の手段を考えねばならない。

大海に儚《はかな》い釣り糸を垂れる思いで始めた企《たくら》みであったが。

——男というものは。

なぜかくも、愚かなのか。

なぜかくも、女の心底を見くびるのか。

なぜかくも、己の買った恨みの深さに、自覚がないのか。

まずおびき出されたのは、山倉だった。

のこのこと麴屋に姿を現した山倉は、狭い一室で「女房にして江戸へ連れて行ってくれ」とお隅がしな垂れかかると、たやすくその言葉を信じ、惣次郎と安田とをだました詳細や、現在安田の潜んでいる場所などを、得意げにべらべらとしゃべった。

わざと帳付けを間違えて、惣次郎が手間取って出立が遅くなるようにしたこと、前もって惣次郎の刀に松脂を仕込み、切れないように細工したこと、安田には「お隅をものにする良い方法がある」と言って近づいたこと……。

「おまえのようなのをね。策士、策に溺れるというんですよ、山倉さん」

お隅は、布団の中で血まみれになって絶命している山倉にこう語りかけた。

——あとは、安田だ。

ただし、実は立つのは口だけで、武術の腕は剣も柔《やわら》もからっきしの不得手だった山倉とはちがい、向こうは本物の剣術の使い手である。

お隅は硯箱《すずりばこ》を取り出し、手紙を書き始めた。

……心にもないことを申して、恥ずかしうつろうございましたが、今ここに山倉を討ち果たしましたゆえ、それに免じて、どうぞお許しください。これから、安田一角が潜んでいるという、笠阿弥陀堂《かさあみだどう》の横手の交遊庵《こうゆうあん》という庵《いおり》へ参ります。もし私が……

ここまで書いて、お隅の筆は一度止まった。

死ぬのはもとより、覚悟の上である。

——惣次郎さま。

あの世とやらで、私を迎えてくださいますか。

それとも、かような恐ろしい女はもういらぬと……いいえ、さようなことは、おっしゃいますまいね。

ね、惣次郎さま。

惣吉と姑あての書状を書き上げて封をすると、もう一通、書状を書くことにした。

……花車関のお心遣い、有り難く身に染みております。もし私が返り討ちにされたら、どうか惣吉さんに加勢してやってください。

二通の書状を硯箱に入れて、目に立つように山倉の枕元に置くと、お隅は湯飲みに白湯を注いでぐっと飲んだ。

――末期の水になるかもしれない。

山倉の血をきれいに拭い去った匕首は、もとの閃《ひらめ》きを取り戻している。お隅はそれを懐へ隠し、雨戸をそっと開けた。

雪は小降りになっている。

目指すは、安田一角。

舞い散る粉雪の中、お隅は裸足で、駆け出していった。

六　お賤《しず》

享和《きょうわ》二（一八〇二）年七月二十一日夕刻――。

新吉《しんきち》とお賤《しず》は、松戸《まつど》の脇、古ヶ崎村《こがさきむら》の小僧弁天《こぞうべんてん》のあたりを通りかかった。

「なんだか、ずいぶん埋もれた神社だな」

「店があるようだけど……」

木綿の単衣の上に袖なしの羽織をひっかけ、頭に手ぬぐいを巻いた、ぱっと見には爺か婆か分からぬ年寄りが、竈《かまど》の前にしゃがみこんで火の面倒を見ている。

「ねえ、この店、何か食べるものはあるの」

お賤が尋ねると、「ああ？」と言いながら振り向いたのは、老婆であった。

「微塵棒《みじんぼう》や達磨《だるま》ならそこにあるが」

「そんな駄菓子しかないの？　看板には〝御休所煮染酒〟とあるのに」

「なんだ、飯を食うかね」

「そうね。できれば、お酒と何かちょっとあると良いんだけど」

老婆は「どうぞ」と店の奥を指差した。一応小上がりの板の間があって、あちこちそそけてはいるが二枚折の葦の屏風《びょうぶ》が立ててある。床も座布団もぼろぼろだが、こっちも足の汚れた旅の者だから、かえって気楽と座り込むことにした。

「酒と煮染めでええだか」

「いいわ。あとで茶漬けでももらうから」

二人でちびりちびりやっていると、店の前の縁台に男が一人、腰掛けて煙草を吸い始めた。

「婆さま、お茶あ一杯くんねえ」

濁声《だみごえ》とともに、さらにもう一人姿を見せたのは、馬方である。

「お客さん、馬いかがでやす。帰り馬だから、安くしておくが」

馬方は縁台の男に向かってしきりに馬を勧めているが、男は断っているようだ。

「ね、おまえさん」

「なんだい」

新吉が婆さんに「もう一本」と酒の指図をした。

「あの馬方の声、聞き覚えがない？」

「馬方？」

二人は店先のやりとりに耳をそばだてた。

「あれ、あんた安田《やすだ》一角《いっかく》先生じゃありませんか」

「これ。出し抜けにわしの姓名を申すでない」

——間違いない。作蔵《さくぞう》だ。

羽生村《はにゅうむら》で惣右衛門《そうえもん》に囲われていた頃、何かと都合良く使っていた馬方である。新吉の方も気づいたらしく、お賎に目配せをしてきた。

うっかり顔を合わせない方が良い。作蔵がいなくなるまで、なんとかやり過ごそう。

互いの目が言いたいことは、同じである。

「おまえ、作蔵か。なんでこんなところにいる」

どうやら安田と呼ばれた相手の男も、作蔵と気づいたらしい。

「森蔵《もりぞう》親分のところにいたんだが、親分の金使い込んじまって、追い出されただ……」

博打打ちの頭目のところをしくじって、結局少し離れたところでまた馬子をやるようになるまでのいきさつをくだくだと話した作蔵は、いきなり安田に向かって「先生、小遣いをくれ」と金の無心を始めた。

——何か弱みのある男なのかしら。

安田は慌てた様子で店の婆を呼んで銭を渡すと「煙草を買ってきてくれ。釣りは駄賃だ」と言った。明らかに、話を聞かれたくないための小細工だろう。

「先生今どこにおるだね」

「明神山《みょうじんやま》だ」

「藤ヶ谷《ふじがや》の向こうじゃねえか。あんな人気《ひとけ》のないところにいなさったら、不自由だろうに。何かワケがあるだか」

「まあ、いろいろな」

「先生。名主の惣次郎《そうじろう》をぶった斬って逃げてるってのは本当だか」

「何を言うか。ただの噂《うわさ》だ」

――惣次郎って。

惣右衛門の息子だ。

「やっぱり、そうだんべ。それでいづらくなってそんなところに隠れているだな」

「そ、そういうことじゃない。長いこと剣客をやってきたが、今のご時世、剣では食えぬ。それでな……」

安田は声を低くしたが、作蔵は内緒話のできるような者ではない。

「なんだって。そんなに大勢手下を抱えて、追い剥《は》ぎをやってるって。おいおい、おれから剥ぐなよ」

「何を言うか。剥がれるほどの物を身につけておらぬだろうに。それより、おれの仲間にならぬか。馬の扱えるやつがいると何かと重宝だ。儲けた時は二割やろう」

「二割って、金が百両あったら二十両くれるってか」

どうも物騒な話をしているようだ。

「よし。じゃあ、仲間入りの祝儀に五両やろう」

「こりゃありがてぇ。今日は思いがけない人からずいぶん金をもらえる日だ」

「なんだ、他にも会った者がいるのか」

「うん。羽生村の三蔵《さんぞう》に会った。東福寺《とうふくじ》まで乗せていっただ」

――羽生村の三蔵。

お累《るい》の兄のことではないか。

「ふうん。ともかく、その五両をわしからもらったのだから、おまえももう追い剝ぎは同罪だからな。訴人《そにん》なんかするんじゃないぞ」

安田はそう言い捨てて、去って行った。

一人残った作蔵は「婆さん、ずいぶんゆっくりだな」などと上機嫌で独り言を言っている。

新吉がゆっくりと小上がりから下りていく。気が変わって、作蔵と話をするつもりらしい。

お賎はうしろから様子を見守ることにした。

「おい、作蔵。久しぶりだな」

誰もいないと思いこんでいたのだろう、作蔵は跳び上がるように振り向いた。

「わあびっくりした。新吉さんじゃないか。珍しい。あれ、お賎さんも」

「おまえは相変わらず声がでけぇなあ。ところで、さっきの侍の誘いは、本気なのか」

「いやあ。ともかく銭が欲しいからああ言ったが。けどあの人は、惣次郎さんを斬ったってぇ噂もあるような怖ぇお人だから、本当はあんまり関わり合いになりたくねえね」

お賎が新吉とともにふらふらしているうちに、名主の家は惣右衛門に続いて跡取りまで殺されたらしい。

ああ、いやいや、惣右衛門は表向きは病死だ。本当のところは、もはや新吉と自分しか知らぬことだ。言葉に気をつけなければ。

「今、三蔵を乗せてったって言ったろう。あいつはどこへ行ったんだ」

「ああ、あれはね。お袋さまが亡くなったから、新高野《しんこうや》へ供養しに行くって。できたら骨を分けて、そのうち本物の紀州《きしゅう》の高野へも行くつもりだって」

三蔵の母親なら、新吉にとっては姑だった人だ。

「お累さんがあんなことになってから、お袋さまはずっと気に病んで……あ」

作蔵は上目遣いに新吉の顔を改めて見た。

「おまえら二人にお累さんは殺されたようなものだって、こんなことになるなら、あんな婿《むこ》を取るのではなかったって、そればっかり言ってたからなぁ」

新吉がふんと鼻で嗤《わら》った。

「新高野へ行ったのなら、帰りもここを通るよな？」

「鰭《ひれ》ヶ《が》崎《さき》の方へ回る道もあるが、こっちを通っても良い」

新吉が何やら、作蔵の耳に囁《ささや》き入れている。

——また何か悪巧みか。

今度は何をしでかすつもりだろう。

おかしなものだ。惣右衛門に身請けされて羽生村へ来た時は、まさか自分がこんな悪党になろうとは思いもしなかったのに。

お累を死に追いやり、甚蔵をこの手で撃《う》ち殺して——今ではちょっとした盗みやたかりくらいなら、すっかり日常茶飯事である。

「本当に三十両くれるのか」

「ああ。その代わりちゃんと加勢しろよ。うまくいかなかったら、おれはさっきの安田という人のところへ行って仲間に入るくらいの覚悟はあるんだ」

「お賎さん、新吉さんがあんなことを言うぜ。いいのかい」

「いいんだよ。あたしだって板の間稼ぎや枕探しくらいはできるんだ」

湯屋の脱衣所で人の衣類を探ったり、泊まった宿で旅人の隙を見て荷物に手を突っ込んだり——今のお賎にそのくらいのことは朝飯前である。

「あれあれ、きれいな顔して、恐ろしいことをあっさり言うよ。みんな新吉さんが教えたんだねえ、くわばらくわばら」

「くだらねえこと言ってねえで、さっさと馬を引いていきな」

店の婆が戻ってきた。安田がいないのを見ても驚きもせず、こちらを見て「茶漬けでも食うかね」と尋ねた。

「もらおうか」

「あたしはいいよ」

「何を言ってる。これから一仕事するんだ。腹へ飯を入れておきな」

かきこんで代金を払うと、新吉は「こっちへ隠れていよう」と、弁天堂の裏へお賎の手を引いていく。

「何するのさ」

「三蔵から金を巻き上げるんだ。供養だの回向《えこう》だの言ってるやつは、きっと懐にたくさん持っているにちがいない」

確かにそうかもしれないと思って、言われたとおりに待つ。

日もとっぷりと暮れた頃、三蔵を乗せた馬を引いて、作蔵が姿を見せた。供の与助《よすけ》もいっしょである。

「旦那、まことにすまねえだが、わし、この先で炭俵を六俵、今日中に積んでいってくれって頼まれとったのを思い出しただが。ここで下りてもらうわけにはいかねえか」

「ああ、構わねえよ。ここからならもうあとは平らな道だし。馬に乗ってばかりもかえって腰が痛むし」

作蔵と三蔵のやりとりが聞こえてくる。三蔵が馬から下りると、作蔵はさっさと馬を引いて横道に入ってしまった。

お賤の隣にいた新吉がものも言わずに身を躍らせた。与助にどんと体当たりし、川へ突き落とすと、さらに素早く道中差しを抜き、驚いている三蔵の脇腹にぐっと突き込んだ。三蔵が死に物狂いで新吉の髻《たぶさ》をむずとつかむ。そのうち、与助が川から這《は》い上がってきて、やはりこちらも道中差しを抜いた。

——危ない。

お賤はとっさに走り出て、与助の髻をつかんで仰向けに引き倒した。

「なにしやがる」

お賤の顔に何かが飛んできた。与助が石か何かをつかんで、投げつけてきたらしい。

「痛っ」

火の出るような痛みというのは、まさにこのことだ。目が開けていられない。

うずくまっていると、与助が近づいてくる気配がある。

——切られる。

身を固くしていると、どんと何かが横倒しになったような音がして、やっとの思いで目を開けてみる。与助が口から泡を吹いて倒れていた。

「お賤さんだいじょうぶかい」

作蔵が与助の横っ腹を蹴り倒したのだった。

「ありがとうよ」

よほど強く蹴ったと見えて、与助は動かなくなっている。息をしているようには見えない。

――ああら。死んじまったのかな。

人の生き死にが、自分でも不思議なくらい、小さくてどうでも良いことに思えてしまう。

そうしているうちに、新吉が三蔵の脇腹へもう一度、刀を突き立てた。

動かなくなった三蔵の懐を慣れた手つきで探り、胴巻きから包みを抜き取って、あっという間に死骸《しがい》をどぶんと川へ入れてしまった。

「お賎。だいじょうぶか。手出しをしちゃあだめだ」

「でも、おまえさんが危なかったから。作蔵が加勢してくれなかったら、どうなっていたか」

お賎は転がっている与助の方へ顎をしゃくってみせた。新吉はちらっとその死骸を見て「ふん」と鼻で嗤《わら》った。

「作蔵。なんだ、てめえ、帰ったんじゃなかったのか」

新吉は三蔵を手に掛けるのに夢中で、作蔵に気づいていなかったらしい。

「様子を見ていたんだ。でも新吉さん、ずいぶんやり口が荒っぽいね。金の無心をするんだと言ったはずなのに、いきなりずぶりだなんて。ああ驚いた」

作蔵の言うのに構わず、新吉は三蔵から奪った包みを確かめて「ちぇっ、たいして入っちゃいねえ」と吐き捨てた。

「新吉さん。金おくれよ」

「何？」

「こうなりゃあ、おれだってずいぶん罪作りってことになる。割前をたんまりもらわねえと引き合わねえ」

以前羽生村にいた頃からすると、作蔵もずいぶん悪賢くなったようだ。

「分かったよ。お賎、そこの柳行李《やなぎごうり》から金を出して、こいつにやってくれ」

今度は新吉がお賎に顎をしゃくった。

――柳行李に金なんぞ入っていたかしら。

入っているのは二人分の着替えくらいだ。財布は新吉もお賎も、それぞれ懐に入れている。

訝《いぶか》しみつつ、お賎が行李を開けようとしていると、作蔵の身体がどぶんと川へ落ちた。新吉が刀で突き落としたのだ。

「この野郎！　何しやがる」

口から血の混じった水を吐いて叫んだ作蔵に、新吉は低く嘲《あざけ》りの声を浴びせた。

「欲をかくからだ。おとなしくしてりゃあいいものを」

作蔵は必死にもがきながら這い上がろうとしている。やっとのことで両手が土手に掛かった。するとその片方を、新吉が物も言わず、口元にわずかな笑みを浮かべたまま、刀でぐっと突いた。血しぶきが上がり、作蔵の頭が水の中に沈む。もう片方の手がつかんでいた草が土手から土の塊とともに抜け落ち、やがて水面をゆらゆらと漂った。

作蔵の身体はしばらくもぞもぞと動いていたが、やがて動きを止め、沈んでいった。

水面には、引き抜かれた草だけが波紋を描きながら浮いている。

「おまえさん……」

「こいつはおしゃべりだからな。罪作りだが仕方がねぇ」

なんて惨《むご》い人だろう。いや、惨い人になったんだろう。

そう思いながらも、不思議なことに、お賎はまるで怖くも気味悪くもなかった。

——この人にはあたししかいないんだから。

新吉がじっとお賎の顔を見ている。

「さ、早く。誰か来ないうちに宿を探そう」

「あ、ああ。そうしよう」


その晩は松戸に宿を取った。

あんなことをしでかしたあとだから、できれば早く遠くへ行こうと、翌朝は早立ちをするつもりだったのに、朝から空の底が抜けたかと思うほどのひどい雨で、結局宿を出たのはもう昼過ぎだった。

「本街道は人馬往来繁多だから、よそう。脇へ回ろう」

本郷山《ほんごうやま》を抜け、塚崎村《つかさきむら》というあたりへたどり着いたところで、雨がまた追いかけてきた。

「灯《あか》りが見えるな。あそこで雨止みを待たせてもらうか」

あとをずっと付いて歩きながら、お賎にはどうにも気がかりなことがあった。

昨夜から、新吉が自分の顔をまともに見ようとしない。なんだろうと思っていたが、今日になって理由が知れた。

出立の前、日の光の下で鏡を見て、お賎は自分の目を疑った。

顔の右半分が赤紫色に腫れ上がっていたのだ。

――あのとき、与助に。

石か土塊《つちくれ》か分からぬが、ともかく顔に何かぶつけられた。確かに顔を洗ったりして触ると痛いなと思ってはいたのだが、かほどにひどい痕になっているとは、思いも寄らなかった。

――これではまるで。

お累にそっくりだ。

お賎はぞっとした。

新吉もきっとそう感じて、自分を疎み始めたのではないか。

前を黙々と行く背中に、ひたすらついて歩く。

たどり着いた灯りは、木連格子《きつれごうし》の庵室だった。丹塗《にぬ》りの提灯がいくつもかかり、正面の額には「聖観世音《しょうかんぜおん》」とある。

「観音堂だな。きっとここらじゃ宿屋もないだろうし。ここで休ませてもらおう。ほら、賽銭《さいせん》を出しな」

「あいよ」

蠟燭が点《つ》いているのだから、きっと無人ではなかろうと、中をのぞき込む。

格子の間から見えるご本尊は、特に尊いという気もしないが、信心する者が多いと見えて、金箔をつい最近張り直しでもしたのだろう、蠟燭の灯りにやたらと光っている。

――尼さんか。

鼠色の単衣を着て、お灯明の面倒を見ていたのは、六十歳に近いと思しい老尼《ろうに》だった。

「申し。尼御前《あまごぜ》、少々お願いがございます」

新吉が声をかけた。こういう時の新吉は昔から至って如才ない。

「はいはい。ご参詣の方ですか」

「旅の者でございます。雨で難儀をしております。こちらでしばらく休ませていただけないでしょうか。もちろんご参詣もさせていただきます」

尼はどうぞどうぞと、足を洗う盥《たらい》を差し出した。

「ご夫婦連れで旅ですか。この辺には宿屋がありませんから、たいへんでしょう。どうぞ遠慮なく中へ」

懐紙に少し金を入れて包んで渡そうとすると、「さっきお賽銭をあげてくださったでしょう。それ以上は要りませんよ」と押し戻された。

「そう言わずに取っておいてくださいまし。心ばかりでございますから」

「さようですか。ではせっかくの思し召しですからいただいておきましょう。雨に濡れておいででしょう、さ、遠慮無く囲炉裏のそばへ。ここは夜になると寒いですし」

尼は囲炉裏に粗朶《そだ》をいくつも投げ込んだ。

ぼっと一瞬、大きく上がった火が尼の顔を明るく照らした。それは同時に、お賎の、胸の内のずっと下の方に長い間沈んでいたものを、ふっと浮かび上がらせた。

——この顔。まさか。

そんなことがあるものだろうか。

「ずいぶんたくさんの提灯ですね。仏さまもきれいになさっているし、このあたりは信心深い人が多いのかな」

「ええ、そうですね。ありがたいことですよ。おかげさまで、私のような者がここでこうしていられます」

新吉が当たり障りのないことを尼に向かって話している。お賎は尼の顔を食い入るように見つめた。

——この声も。

間違いない。忘れるはずがない。

胸の内にしまい込んではいたものの、十三年前から、一度たりとも忘れたことなどないのだから。

「おっ母《かあ》。おっ母じゃないか」

尼の手が止まった。

「あんた、おっ母だろう。お賎だよ」

「お賎……」

今度は尼の方が、お静の顔を尼が食い入るように見ている。

——やっぱり。

額にも目尻にも口元にも皺《しわ》が寄っている上、その頃からすると打って変わって柔和な顔つきになってはいるものの、十六歳まで一つ屋根の下に暮らした人の顔を、忘れるはずがない。

「忘れたとは言わさないよ。あんた、あたしを深川《ふかがわ》の女郎屋へ売り飛ばして、その金全部持って逃げてそれっきり」

「ごめん、ごめんよ……すまなかった」

両手を床につき、尼は頭を何度も下げる。

「あたしが、あたしがあのあとどんな思いをしたか……」

「すまないよ、本当に。今更母親だなんてとても言えない身だよ。許してもらおうなんて思っちゃいないが、今はこうして、毎日自分の悪事を観音さまに懺悔《ざんげ》して暮らしているんだよ」

あのおっ母が尼に。

笑わせてくれるじゃないか。

十六歳の娘を売り飛ばした金で、おっ母は若い男といっしょにどこかへ行っちまった。紅葉《もみじ》屋《や》で下地っ子になってから、あたしはずっと一人だったんだ。

売られてきた朋輩《ほうばい》はいっぱいいた。親のある子、ない子、それぞれに事情はもちろんあったし、お賤のように親の手で売られてきた者もずいぶんあった。

されど、娘を売った母親が、それぎりまるで顔を見せないばかりか、父親ではない、誰とも知れぬ男と行き方知れずになったなんてのは、もし女郎の不幸番付を作ったら、かなりの上位に来るだろう。

だいたい、お賤は自分の父が誰なのかも知らないのだ。母は――名はお熊《くま》という――しょっちゅう男をとっかえひっかえしていて、「あたしのおっ父は誰」と尋ねても「さあ誰だっけね」と言うばかりで、まともに答えてくれたことなどなかった。

そんな母親の懺悔など、聞きたくもない。

自分だけ勝手にこんなところで悟り澄ましたように尼になっているなんて、許せない。ただの独りよがりじゃないか。

「まあお賤。こうして巡り合ったのも何かの縁だ。あんまり責めるもんじゃない。おっ母さん、私はお賎の連れ合いで新吉と申します。未熟者ですが、どうぞよしなに」

新吉が取りなすと、お熊は涙をぽろぽろとこぼして「尼になった甲斐がありました」と言った。

「尼になったのも、最初は見せかけだけで、この形《なり》で引き剝《は》ぎみたようなあくどい真似をしていたこともあるんですよ。本当にひどい暮らしをしてきました。ただ、ここでそんな昔を懺悔していますと、人さまが〝やはり悪いことはしとおせぬものだな〟とおっしゃってくださるので。それでどうにか、こうしておりますよ」

「懺悔ですか……。良かったらお聞かせくださいよ」

新吉が妙に興味を持っている。

――おかしなこともあるもんだ。

いつもなら辛気《しんき》くさい年寄りの話になんて洟《はな》も引っかけないくせに。

それとも、また何か悪事の種になるかも知れぬとでも思っているのだろうか。

お熊が始めた身の上話は、お賎も知らぬ事ばかりだった。本当にこの人が母親だったのか、よく分からなくなってくる。

もとは下総古河《しもうさこが》の土井《どい》家のご家中で、百二十石の侍の家の娘であること、若気の至りで家来と密通して駆け落ちしてから転落が始まったこと、その頃産んだ男の子が、肩に黒い痣《あざ》と毛が生えていたのを見て、気味が悪いと思って捨て子にしたこと、そのあと茶屋女になったり、船宿のおかみになったり……いったいいつになったらお賎の父親の話が出てくるのか、くだくだしくてだらしなくて、聞いていて飽き飽きしてしまう。

「では、お賎には兄があるんですね」

初耳だ。

「ええそうです。生きていればですけれど」

痣を疎《うと》まれ、産まれてまもなく、本郷《ほんごう》菊坂下《きくざかした》の豆腐屋の前に捨て子にされたという兄。それに比べれば、曲がりなりにも十六までは育ててもらえたのだから、恩と思え、孝行せよとでも言うつもりなのか。

「それじゃあ、それからお旗本に奉公したんですね」

「はい。それからね……」

新吉はいちいち相づちを打ちながら聞き入っている。

「それじゃあ、その深見《ふかみ》新左衛門《しんざえもん》というお旗本が、お賎の父親なんですか」

「そうですよ。世が世なら、いくら妾腹《めかけばら》だってお賎もお嬢さまだったはずなのに、何の因果かその家はお取り潰しになりましてねえ」

新吉の顔がみるみる険しくなった。

そのあともお熊の身の上話はだらだらと続いていたが、新吉は黙りこくったままである。

お賎の方は、自分が本当は旗本の娘だと聞いても、なんにも気持ちに動くところはない。

「……それでまあ今はこうしております。まだお二人ともお若いから、これから先どうぞ悪いことはなさらないように。今は良くても、歳を取るときっと報いがあります。輪廻《りんね》応報は必ずあるんです」

お熊は「輪廻応報」に力を入れた。

——ふん。本当にそうなら。

あたしにはもう、この先どうやったって、まともな暮らしは待ってないってことになる。

冗談じゃない。

そもそもは、この人があたしを女郎に売ったからいけないんじゃないか。いやいや、そうじゃない。その前か。その父親だという人、深見っていう旗本が、お取り潰しになるようなしくじりをするから。

だいたい、病気の奥方のいるお侍の妾になってしまうなんて。

ああでも、そのお胤《たね》がなかったら、そもそもあたしは産まれていないのか。

——輪廻応報ってなんなのさ。

考えると面倒臭くなるだけだ。

明日になったらここからおさらばしよう。母親だかなんだか、そんなの知ったこっちゃない。どこかでまとまった金を手に入れて、それを元手に新吉と小さな店でも出すんだ。ずっとそれを望みに、ここまでついてきたのだから。

新吉の方を見ると、むっつりと黙りこくっている。眉間に、これまでに見たことのないような深い皺が寄っている。

その様子を見たお熊は「ちょいとしゃべりすぎましたかね」と言った。

「夜具も何もないけれど、どうぞゆっくりお休み。私も休ませてもらいます」

お熊はやがて、小さないびきをかきながら寝入ってしまった。

「おまえさん……」

黙ったままの新吉が気になって、お賎は手を伸ばして肩に触ろうとした。

「触るな！」

「どうしたのさ」

小声だがぴりっとした響きに、伸ばした手が引っ込んだ。

「すまん。ともかく、今日はもう寝ろ」

新吉はくるりと背を向けて横になってしまった。

——なんだよ。

いったいどうしてしまったのか。

——あたしの顔のせい。

思えば、あたしの顔がこうなってから、新吉の態度が変わったのだ。

お累を思い出して、今更気が咎《とが》めているのか。そんなところへ、さっきのおっ母のつまらない懺悔話なんぞ聞いちまったから、余計、あたしの顔が疎ましいんだ。

——なんでこんなところでおっ母に出会っちまったんだろう。

頑《かたく》なに振り向こうとしない背中を見つめて、そんなことを思いながらうとうとしていると、新吉が肩を震わせて「と、とよしが……」と言ったように聞こえた。

——夢でも見ているのか。とよしがって何？　なんの夢だろう。

うなされているようだ。身体をゆすって起こしてやろうかと思ったが、さっきとんでもない剣幕で「触るな」と言われたことがひっかかった。

「おひさ……。おひさ」

新吉が震えながら両の掌で自分の顔を覆うような仕草をした。

——おひさって？　女の名だろうか。

いったい、お累の婿になる前は何をしていたんだ。そしていったい、何人の女を泣かせてきたんだろう。

もう七年も夫婦同然に暮らしてきたのに、羽生村に来る前の新吉について、自分がほとんど知らないことを、お賤は今更になって気づかされた。知っているのは、貸本屋の小僧だった頃の姿だけなのだ。

「おまえさん。おまえさんったら」

ついに見かねて揺り動かすと、新吉はがばりと跳ね起きた。少しずつ空が白み始めている。

「お賎。すまねえが、今日限り、別れてくれ」

「何を言うんだ、いきなり。起きてすぐに言うことかい。寝ぼけてんじゃないよ」

新吉は首を横に振った。

「今すぐ、言わなきゃならないことなんだ。時に、おっ母さんはどこへいきなすった」

「さあ。気づいたら姿がなかったけど。本堂へ勤行《おつとめ》にでも行ったんじゃないの」

捜そうというつもりか、ふらふらと外へ出て行く。お賎もあとを追った。

「おや、目が覚めたかい、二人とも」

本堂にいるお熊を見つけると、新吉はその場にぺたんと座って、揃《そろ》えた両の手を前についた。

「お願いがございます。どうぞ私を弟子になすってください」

お熊が驚いて、脇で突っ立っているお賎と、頭を床にこすりつけている新吉とを交互に見た。

「お賎はそれでいいのかえ」

冗談じゃないと叫ぼうとしたが、新吉が必死に言い募る声に遮られてしまう。

「お賎とは盃もしておりませんから、正式な夫婦ではございません。かわいそうですが、男女の縁は今日限りとして、私の方はどうか、頭を丸めて坊主になりとうございます。おっ母さん、いや、もうおっ母さんではない、お師匠さま、どうぞお導きを」

「そういきなり言われても、困ったねえ。もしかして、昨夜の私の話を聞いて、ふとそんな気になったのかえ」

――だとしたら良い迷惑だ。

お賎は胸の内で毒づいた。

「いるんだよ、時々そういう人も。でもね、その時芯から悪かったという気になれば、そこまでしなくてもいいんだよ。それに、にわかな気持ちで出家してみても、続かない。かえって罪作りになるから、考え直した方がいいよ」

その場はお熊の一言でおさまったものの、新吉の気持ちは変わらないようだった。「まあきっと気が変わるから、三、四日ここに逗留《とうりゅう》すればいい」というお熊の言葉を良いことに、もうすっかり仏弟子になった気で、いっしょに本堂や墓を掃除したり、お熊の唱える念仏にじっと聞き入ったりして、ひたすらあとを付いて歩く。

一方、お賎のことはまるで触れてはならぬもののように遠ざけ、こちらを見てもくれなくなった。

「お師匠さまのことは私が面倒を見る。おまえはもう私のことは思い切って、好きにどこへでも行けば良い」

ここへ来る前とは打って変わり、悟り澄ました顔になった新吉にこう言われて、お賎の方ではむしろ頭に血が昇る思いだった。

――やっぱりあたしがこんな顔になったから。

だからだ。

——思い切ってなどやるもんか。

こうなったら、どこまでもいっしょにいてやる。

あたしから離れて、自分だけ坊主になるだなんて、絶対に許さない。

涙がこぼれてきそうになるのをこらえ、お賎はお賎で、新吉に避けられながらも、台所で働いたり、掃除をしたりして過ごした。

そんな日が七日ばかり過ぎた、ある日のことである。

「ごめんなせえ。音助《おとすけ》でごぜえやす。尼御前さまはどちらかね」

「いまちょっと出ていますが、どちらさまでしょう」

新吉が応対に出てみると、観音寺《かんのんじ》という寺の寺男で、小坊主を一人連れている。近隣で行われる法事にいっしょに来るよう、お熊を迎えにきたという。

「おまえさまかね、近頃入りなさった男衆さんとは。よく働くって近所でも噂だが」

その〝よく働く〟が、お賎にとっては忌々《いまいま》しい。

「宗観《そうかん》さんとおっしゃるのですか。こちらのお小僧さんは、まだお小さいのに、よくご出家の覚悟をなさいましたね。おいくつになられます」

宗観という名の、色白で品の良い小坊主に興味を持ったらしく、新吉はわざわざしゃがみこんで話しかけている。

「十二歳になります」

「お父っさんもおっ母さんもご承知でご出家になったのですか」

「いいえ。ちがいます」

小坊主はうつむいてしまった。

「宗観さんはね、いつでも父さまや母さまのことになると、すぐめそめそするだ。和尚さまから、そこを諦めるために出家したのだから泣くなと諭されるだが、まあ、あんまり気の毒だからね、泣くのも無理はねえだ」

寺男がやたらと気の毒がっている。

「それはまたどんなご事情で」

泣き出してしまった小坊主の代わりに、寺男がくどくどと話すのが聞こえてくる。

「父さまが亡くなったのは七年前だっけ。確か八月だったな」

小坊主がしきりにうなずいている。

「羽生村の名主さんでな。それから宗観さんの兄さんが跡を取って、器量も気立ても良い、評判の嫁っ子もらって、そこまでは良かったんだがな」

お賎はどきりとした。

――じゃあこの子は、あの旦那の、惣《そう》右《え》衛門《もん》の次男ってことか。

自分が殺した人の、子ども。

まさかこんな形で出会おうとは。

「安田《やすだ》一角《いっかく》だか八角《はっかく》だか、そんな名の剣術使いがその嫁っ子にひどく岡惚《おかぼ》れしちまって。もちろん、嫁っ子は洟《はな》も引っかけなかったんだが、それをよほど遺恨に思ったらしくて。また悪いことに、兄さんが使っていた山倉《やまくら》とかいう浪人者も、その嫁っ子を横取りしようと企《たくら》んどったらしいんだな」

山倉に謀《たばか》られた安田が、惣右衛門の長男——確か惣次郎《そうじろう》と言ったはずだ——を斬り殺して逃げた。それを嫁が仇討《あだう》ちしようとして、無念なことに返り討ちに遭ったというのが、おおよその事情らしい。

「お隅さんていうその嫁っ子は、もともとお武家の出だそうでな。えらいもんで、わざわざ心にもねえ愛想尽かしまでして離縁状をもらいなすって、自分一人でまず山倉を討ち取りなすった。山倉の骸《むくろ》の前で、惣吉《そうきち》さんとお袋さまあてに、詫《わ》び言とこれまでの経緯をしたためていきなすったんだそうでねえ」

小坊主の目に新たな涙が浮かんでいた。

「それから、兄さんが贔屓《ひいき》にしていた関取りにあてた、〝これから自分は安田のとこへ乗り込むが、もし返り討ちにあったら、後のことはよろしく頼む〟って、書き置きを残してなすったんだそうで」

立派な女がいるものだ。お賎にはまるで遠くのことのように聞こえるが、もともと自分の蒔《ま》いた種と思うと、どうにもいたたまれない。

「それで今度はその関取りが、この惣吉さん、あ、宗観さんのことだけどな、この惣吉さんに味方していっしょに仇討ちに行ってくれるっていうから、母さまと連れだって、その花車っていう関取りを頼って江戸へ行こうとしなすっただ……」

惣右衛門の妻ならお賎も知っている。けっこうな歳のはずだ。

「母さまが道中で塩梅《あんばい》が悪いってえから、惣吉さんは母さまを小金原《こがねっぱら》の観音堂で休ませておいて、自分は薬を買いに出たんだな。そしたら」

宗観の泣き声が一際高くなった。

――やめておくれ。

振り捨ててきたはずの来し方が、高波のように押し寄せる。

「戻ってきたら母さま、縊《くび》り殺されて、路銀を盗られておったそうな」

――ああ、だめだ。きっとこれ以上聞いたら。

自分の耳も新吉の耳も耳を塞《ふさ》ぎたいようだが、音助も宗観も、もちろんお賎のこんな思いは知る由もあるまい。

「なんでも、〝病人は見ていてあげるから薬屋へ行ってこい〟と薬屋の場所を教えた尼さんがあったらしいんだが、あとから思えばその尼がきっとニセ尼で、実は盗人だったかもしれねえそうだ。何せ、教わった所には薬どころか何の店もなかったって」

自分たちが惣右衛門を殺したあと、残された家の者たちが、そんなことになっていようとは。

どうせ田舎の裕福な名主の家のこと、きっとそのあともぬくぬくとやっているにちがいないと決めつけて、何の気にも留めていなかったのだが。

いつの間にかお熊も戻ってきて、音助という寺男の話をじっと聞いている。

一方の新吉は、顔を真っ青にして、その場にうずくまってしまった。

「あれ、どうしなすったね」

「いえ、ちょっと目が回りまして。朝から慣れない草刈りをしたせいでしょう」

新吉は今の話をどう聞いたのだろう。

惚れ抜いて、ともに悪事に手を染めて、どこまでもいっしょに——そう思ったはずの男の心は、もはやお賎の手の届かない遠くにある。

「私も宗観さんのように出家したいのですが、まだ尼御前から許しをもらえなくて。せめてと思って墓掃除をしているんですが」

新吉の手には錆《さ》びだらけの草刈鎌があった。

「どれ、お見せなせえ。おやおや、こりゃあだめだ。おまえさま研《と》ぎようを知らねえのか」

そういえば、二、三日前だったか、新吉は近所の百姓に研ぎ方を教わっていたが、まだそのままになっているらしい。

「良かったらこれ使いなせえ。もらい物だがよく切れる」

音助が手ぬぐいで包んだ鎌を新吉に渡した。

「質屋にあった古い品だがね、鍛え方が良かったと見えて、研いだらぴかぴかになっただ」

鈍い光を放つ鎌だが、新吉の目は、柄の方に吸い寄せられているように見えた。

――なんだか、気味が悪い。

新吉が鎌を見ているというよりは、鎌に新吉が魅入られているようである。

「ぎゃっ」

いきなり髻《たぶさ》をつかまれて、お賎は悲鳴を上げた。

「何をするんだよう」

「新吉さん、何をなさる」

音助が新吉を止めようとしたが、もう遅かった。宗観とお熊はあまりのことに身動《みじろ》ぎもできないようだ。

「お賎。観念しろ」

ぶすり。

――新さん？

喉から血を流して崩れ落ちるお賎の身体を、新吉がしっかりと抱き止めた。

「心配するな。おまえだけ一人で行かしゃしない。あとからすぐ、いっしょに行くから」

――どういうこと？

「お賎。おまえ……なんで女に生まれてきたかなあ」

これまでに見たこともない、哀《かな》しくて哀しくて、でもこの上なく優しい目がお賎の目をのぞき込んだ。

――新さん。

ああ、かすんじゃうよ。せっかくの良い顔が。もっとちゃんと見せておくれ。

もっとちゃんと。

「待ってろ。すぐ行く。必ず行くから」

新吉が念仏を唱えているのが聞こえてくる。

――しっかり、つかまえてておくれよ。ずっと。

男の腕の中で、お賎は目を閉じた。

七　お熊《くま》

驚きましたよ、そりゃあ。

昔捨てた娘がいきなり現れたかと思ったら、目の前でその連れ合いが娘を殺して、自分も同じ鎌で喉を突いて、死んじまったんですから。

でもね、新吉《しんきち》さんが死ぬ前に打ち明けてくれたことで、ああ、もうこれは、お賤《しず》は死ぬよりなかったんだ、かわいそうに、なんてひどい因縁だろうと思いました。

だって、お賤と新吉さんは母ちがいの兄妹なんですから。

しかもね、二人が殺した土手の甚蔵《じんぞう》、そうそう、お賤が種子島《たねがしま》で撃《う》ち殺した男。

新吉さんの話によれば、そいつはたぶん、間違いなく、私の子です。そう、その昔、生まれてすぐに捨てた。肩に気味の悪い痣《あざ》があって、そこから毛が生えていたって。

だからお賤は、母のちがう兄といっしょになって、父のちがう兄を殺したってわけです。

これだけでもじゅうぶん、ひどい話なのですが。

ひどい話が、実はもう一つ、ございました。

宗観《そうかん》さん、ええ、惣吉《そうきち》さんのことですが。

以前にこの人をだまして、おっ母《か》さんを殺して金を奪ったのは、私でございます。

路銀が無くなって、食い詰めていたところに、明らかに大金を持っている親子を見てしまって。つい……。

尼になっていたはずなのに、結局、信心も何も中途半端で、悪心に勝てなかったのですよ。

幼い息子さんに、とっても大事にされて心配されて、懸命に介抱されている母御を見て、なんだか妙に妬《ねた》ましく憎らしくなったっていうのも、ありましたかねえ。申し訳ないことをいたしました。

本当に本当に、悪いことはできないものでございます。

だから私も、新吉さんが死んだあと、そこにあった鎌で、自分の喉を突きました。だって、もう生きちゃいられないじゃないですか。ご迷惑をかけることになったので、子細を観音寺《かんのんじ》の和尚《おしょう》さまに書き残して、お詫《わ》びして。

新吉さんとお賎、それから私の死骸《しがい》は、和尚さまが、三人の巡り会った観音堂の脇に葬ってくれました。

二人は、精も根も尽き果てたんでしょう、よく眠ってますよ、ずっと。

私は時々、こうして起き出してきては、お参りしてくれる方の枕元に立ったり、背中の後ろに回ったりして、このひどい因果話をお聞かせするんです。

え、あの鎌のことですか。

あの鎌、柄のところに山形に三の字の焼き印がありましてね。

そうそう、そうですよ。三蔵《さんぞう》さんの家のものってことです。

三蔵さんが死んじゃって、あの家ももう誰も跡を継ぐ人がいなくて。そのまま質倉にあったんだそうです。

「自分がお久《ひさ》を殺した時の鎌だ」って、新吉さんは懺悔していましたから。

そんなものが、回り回って、あの時の音助《おとすけ》さんの手許にあったなんてねえ。

そういえば、一つだけ、罪滅ぼしになったこともございました。

惣吉さんの仇《かたき》、安田《やすだ》一角《いっかく》の居所を、新吉さんが知っていたんですよ。死ぬほんの少し前、苦しい虫の息の下で、必死でそれを伝えてから、お賎のあとを追っていきました。こんな巡り合わせもあるんですねえ。

ね、皆さま。

輪廻《りんね》応報でございますよ。

どなたさまも、よくよく、お間違いのないように。

結　花車《はなぐるま》

「ねえ、親方。私があのとき、たまたまあの観音堂《かんのんどう》に行かなかったら、こうして兄さんと義姉さんの仇討《あだう》ちを果たすことも、ふたたび名主の家に戻って跡を取ることも、なかったんですよねえ」

羽生村《はにゅうむら》の名主となった惣吉《そうきち》は、報恩寺《ほうおんじ》で花車《はなぐるま》にそう告げた。

「そうですな。何しろ、安田《やすだ》一角《いっかく》の隠れ先は、その新吉《しんきち》という人に聞くまで、まったく知れませんでしたから」

今だから二人、こうして穏やかに話していられるが、いざ安田一角の隠れ家まで乗り込んでいった時は、正直どうなるかと思ったのだ。

安田はどこまでも卑怯者《ひきょうもの》で、花車が惣吉の助太刀についていると見ると、自分は前に出てこず、まず手下たちをけしかけ、四人がかりで惣吉もろとも、花車を斬らせようとした。

——それにしても、我ながらよくあんな力が出たものだ。

花車は近くに生えていた杉の木をぐっと抱えると、「うん！」と気合い一発、幹をねじり切り、びゅんびゅんと振り回して四人を蹴散らしてしまった。

そうしている間に時を稼いだ安田は、刀ではなく種子島《たねがしま》を構え、花車の正面に悠然と立ちふさがった。

「動くな。これが見えないか」

安田は種子島の筒先をこちらに向けると、口の端を右側だけ上げた。黄色く濁った乱杭歯《らんぐいば》がちらりとのぞく。卑しい笑みだ。

「剣術使いのくせに飛び道具を使うとは。卑怯だぞ」

花車の言葉を安田が鼻で笑った、その時だった。

それまでうららかに晴れていた空が、一点にわかにかき曇り、ざっと車軸を流すような雨が降り出してきた。

——あれは、間違いなく、神仏の、それから惣次郎《そうじろう》さんやお隅《すみ》さんのご加護だった。

種子島の火縄が力なく湿ったのを見逃さず、花車は落ちていた赤子の頭ほどもあろうかという石をむずとつかんで、安田めがけて投げつけた。

「うっ」

石は安田の頭に勢いよく命中した。何が起きたか分からぬという顔のまま、仇《かたき》は仰向けにひっくり返り、口から泡を吹いた。

「さあ、惣吉さん。今を逃しちゃあだめだ」

惣吉は覚悟を決めて刀を抜き放った。

「兄さん、義姉さんの仇」

渾身の力を込めて、白刃を安田の身体に突き立てる。

「覚悟しろ」

なんとも言えぬ手応えとともに、仇の身体がぐったりと伸びきり、二度と動かなくなった。

ようやく、惣吉の長い旅が終わった。


ただ、安田を討ち取ったあとも、事がすべて片付くまでにはかなりの時がかかった。

惣吉にとって安田が本当に仇であると、お上がお調べを付けてくれない限り、花車も惣吉も、扱いは人殺しの罪人と変わらない。

何しろ、惣次《そうじ》郎《ろう》の死は当初、盗賊の仕業と代官所も片付けてしまっていたから、それを覆《くつがえ》し、安田の仕業——山倉《やまくら》にそそのかされてのことではあるが——と認めてもらわなければならなかったので、吟味にはたいそう手間暇がかかったのだ。

——それにしてもお隅《すみ》さん。

おまえさまは見事な女性《にょしょう》でいらしたことだ。

——なんで、もっとわしを頼ってくださらなんだ。

惣吉と姑に、心にもない愛想づかしまでして、女一人で行くとは。

山倉を仕留め、安田のもとへ乗り込んでいき、手下たちを殺したまでは思いどおりだったのだろう。しかし、いくらなんでも、あの小狡《こずる》い剣術使いに一人で挑むとは無茶が過ぎた。

――きっと、惣次郎さんのあとを追っていきたかったのだな。

今頃はあの世で仲良く、同じ蓮《はちす》に座っておいでなさるか。

「しかし、親方。名主としては、いささか困ったことになってしまいました」

惣吉が小さくため息を吐いた。

「はあて、何が困りましたか」

「はい。何しろ、羽生村にはもともと、あの累ヶ淵《かさねがふち》の因縁話が伝わっております。法蔵寺《ほうぞうじ》には累《かさね》の墓もございます」

「そうですな」

お熊《くま》、新吉、お賤《しず》を葬った因果塚こそ塚崎村《つかさきむら》にあるものの、こたびの因果にからめ取られて無惨な死を遂げた人のうち、惣右衛門《そうえもん》夫婦、惣次郎、お隅の四人は惣吉の身内、他にお久《ひさ》、お累《るい》、甚蔵《じんぞう》、三蔵《さんぞう》などもみ、羽生村と関わりの深い人ばかりである。

「そこへもってきて、またぞろこんな根の深い因縁話です。しかも、名主の私がその話の、当の生き残りときています」

なんとなく、惣吉の言わんとするところが分かってきた。

「実を言うと、観音寺《かんのんじ》の和尚《おしょう》さまからは止められていたのです。還俗《げんぞく》して仇討ちをしたいと言ったら、〝そういう念を断つのが仏の道の修行だ〟と、たいへん厳しく叱《しか》られました。〝人を殺した悪事の報いは、必ず自滅となって現れるものだから、仇討ちという心は悪い心だ〞とも言われました。〝そういう者がいるから、輪廻《りんね》が断ち切れぬ〞と」

「輪廻ですか……」

新吉とお熊が江戸にいた時のことから含めると、旗本の深見新左衛門《ふかみしんざえもん》と、宗悦《そうえつ》という鍼医《はりい》、それぞれの血筋に絡んでさらに多くの人が非業の死を遂げている。

お調べに際してそれらを聞かされた時には、人の関わりがあまりにも絡み合っているので「もう無理、これ以上頭に入りません」と花車は音《ね》を上げたほどだった。

「惣吉さん。いや、もうすぐ惣右衛門さんになられるのでしたな」

名主の任を継ぐにあたり、名を改めることが決まっている。

「わしは相撲を取ることしか能がない男で、たいへん月並みなことしか申せませんが」

花車は惣吉の肩にそっと手を置いた。

「二度とこういうことが起きないよう、人の上に立つお方は、常に仏の心を持つようになせえ。惣次郎さんならきっとそうなさったはずです」

惣吉と別れて江戸へ帰ることにした花車は、途中、累ヶ淵の脇を通りかかった。

秋も深まって、何度か野分《のわき》が吹いたあとだからだろう、水かさは増しているが、今日は天気もよく、流れは静かである。

――どうか、もう。

思わず手を合わせて拝む花車の肩に、赤とんぼが二つ、止まった。

踵《きびす》を返し、花車は江戸へと帰っていった。

その時ごぼりと、水底《みなぞこ》深い泥の中で、それまでひっそり沈んでいた錆《さ》びた刃物が動く音がしたのだが、それは、花車には聞こえないままだった。

（了）

【主な登場人物と系図】

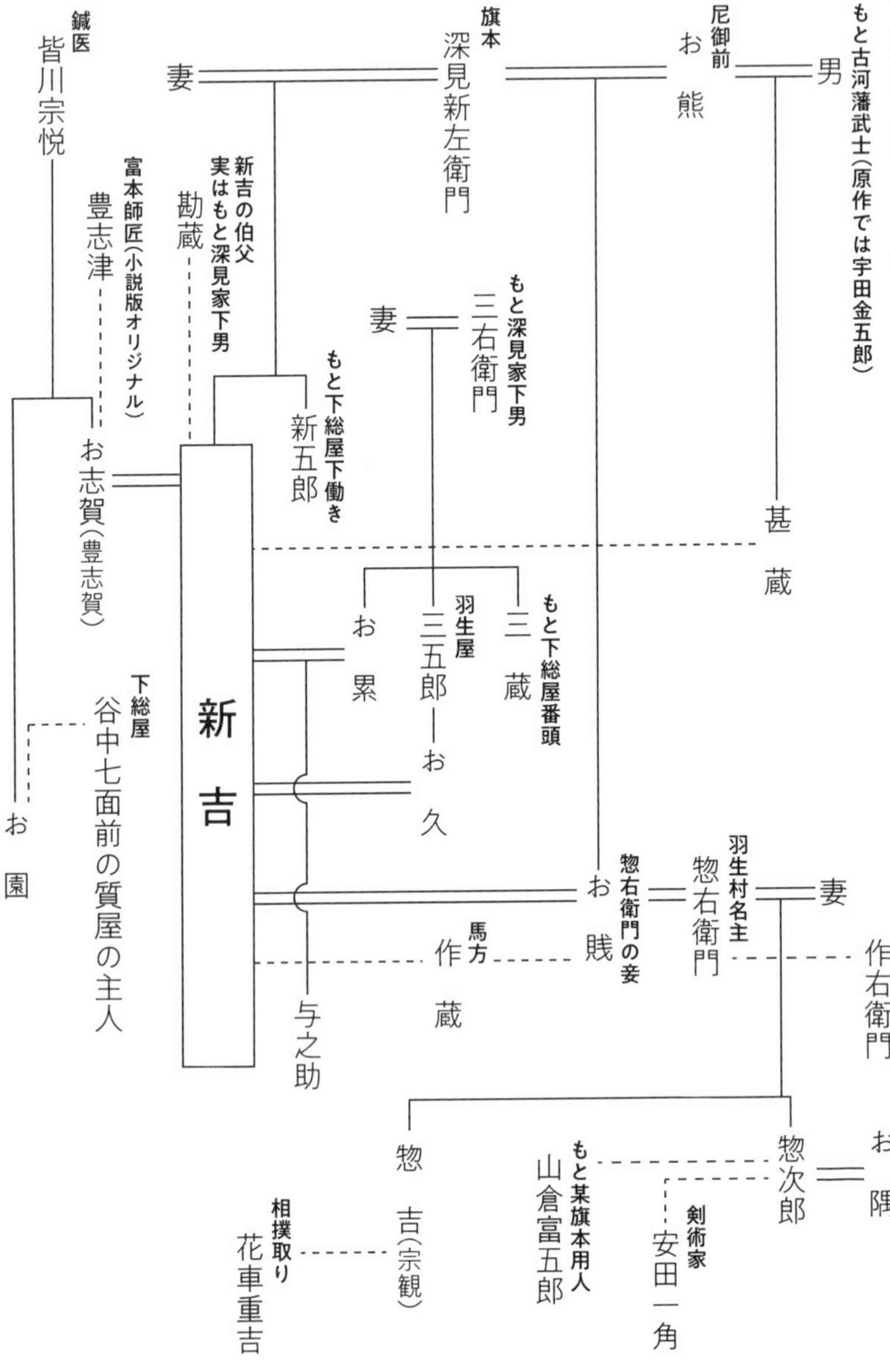
もと古河藩武士（原作では宇田金五郎）
男
尼御前
お熊
甚蔵
旗本
深見新左衛門
妻
もと深見家下男
三右衛門
妻
もと下総屋番頭
三蔵
羽生屋
三五郎
お累
お久
新吉の伯父
実はもと深見家下男
勘蔵
もと下総屋下働き
新五郎
新吉
与之助
富本師匠（小説版オリジナル）
豊志津
お志賀（豊志賀）
鍼医
皆川宗悦
お園
下総屋
谷中七面前の質屋の主人
羽生村相談役
作右衛門
羽生村名主
惣右衛門
妻
惣右衛門の妾
お賤
馬方
作蔵
お隅
惣次郎
剣術家
安田一角
もと某旗本用人
山倉富五郎
惣吉（宗観）
相撲取り
花車重吉

参考文献

『圓朝全集』岩波書店

『死霊解脱物語聞書』白澤社

『歌謡音曲集』日本名著全集　江戸文藝之部第二十八巻

解説

三遊亭円朝《さんゆうていえんちょう》による創作の経緯

「真景累ヶ淵」は、落語中興の祖といわれる三遊亭円朝が、最初に創作した咄《はなし》として知られている。

円朝は本名を本名出淵《いずぶち》次郎吉《じろきち》といい、江戸湯島切通町《ゆしまきりどおしちょう》で生まれたといわれている。もともと加賀国《かがのくに》大聖寺《だいしょうじ》藩《はん》の江戸留守居役が農民となった家柄で、父の長蔵《ちょうぞう》は放浪生活のあと、天保《てんぽう》年間〈一八三〇～四四年〉に二代目三遊亭円生《えんしょう》に弟子入りをして初代橘家《たちばなや》円太郎《えんたろう》などを名乗った。円朝はその後、天保十〈一八三九〉年に母すみとのあいだに生まれており、弘化《こうか》四〈一八四七〉年に同じく二代目円生に弟子入りをしていることから、長蔵は父であり兄弟子であるという関係となる。

円朝が「真景累ヶ淵」を創作した経緯は、明治二十三〈一八九〇〉年九月二十七日から十一月二十日にかけて『読売新聞』に掲載された、朗月散史《ろうげつさんし》「三遊亭円朝の履歴」に詳しい。これによると、安政《あんせい》二〈一八五五〉年に真打となった円朝は、安政五〈一八五八〉年頃から芝居咄《しばいばなし》で人気を博していた。

芝居咄とは、現在ではほとんど寄席の高座にかけられることがないが、人情咄を演じるときに芝居の道具を用いたり、衣装を替えたり、大詰めの場面で囃子方《はやしかた》の鳴物《なりもの》を用い、役者の声色《こわいろ》をまじえて演じたりといった形式の落語である。近年では林家彦六《はやしやひころく》（八代目林家正蔵《しょうぞう》）が得意とし、それを林家正雀《しょうじゃく》が引き継いで「林家正雀正本芝居噺の会」を続けている。これに対して、現在の落語のように音曲や鳴物を入れず、扇子と手拭いだけで演じるものを素咄《すばなし》という。

安政六〈一八五九〉年頃になると、円朝が芝居咄を高座にかけるために大がかりな準備していたにもかかわらず、先に高座にあがった師匠の二代目円生が、円朝がやる予定だった咄を先に素咄でやってしまうという事態が続いたという。それが毎晩続いたため、それならば師匠が知らない咄、新作の咄を高座にかけることにすれば先に演じられることはないだろうと考え、怪談咄の「累《かさ》ね草紙」を創ったのだという。

ここで「累ね草紙」と朗月散史が記述したのは、二代目円生がもともと歌舞伎や人形浄瑠璃で演じられてきた「累物《かさねもの》」と呼ばれる物語様式を踏まえて、「累草子（累草紙）」を創作していたことに由来すると思われる。

「累物」は、承応《じょうおう》期〈一六五二～五五年〉から寛文《かんぶん》期〈一六六一～七三年〉にかけての頃に下総国《しもうさのくに》羽生《はにゅう》村《むら》（現在の茨城県常総《じょうそう》市）で、嫉妬に狂った累《かさね》という女性が鬼怒川《きぬがわ》で夫の与右衛門《よえもん》に殺され，その怨念が一族に祟るものの、諸国をめぐっていた祐天上人《ゆうてんしょうにん》の祈念によって解決することができたという逸話に由来し、同じような物語の類型をたどった作品を総称する呼び方である。この物語は、本書にも名前が出て来る『死霊《しりょう》解脱《げだつ》物語《ものがたり》聞書《ききがき》』（二巻二冊、元禄《げんろく》三〈一六九〇〉年刊）によって早くから流通していたものであり、その流通の経緯については小二田誠二《こにたせいじ》解題・解説『江戸怪談を読む／死霊解脱物語聞書』（白澤社、平成二十四〈二〇一二〉年）に詳しい。

以上のような経緯から、円朝の作は二代目円生が高座にかけていた「累草子」の後日譚という位置づけで、「累ヶ淵後日《ごにち》の怪談」と称されていたと考えられる。このように「累物」などの類型にさまざまな作中人物や出来事を当てはめていくというのが江戸期における創作の方法の一つだったのであり、『真景累ヶ淵』はその中での代表作の一つなのである。

「累ヶ淵後日の怪談」から「真景累ヶ淵」へ

創作された時期と経緯からも明らかなように、「累ヶ淵後日の怪談」は、もともと芝居咄として演じられていたと考えられる。しかし、明治二〈一八六九〉年（関根《せきね》黙庵《もくあん》『講談落語今昔譚』〈大正十三〈一九二四〉年〉）では明治五〈一八七二〉年とされているが、『円朝全集』五巻（岩波書店、平成二十五〈二〇一三〉年）に延広真治《のぶひろしんじ》が寄せた解説などをはじめ、現在では明治二年とする説のほうが有力となっている）に、円朝が芝居咄の道具一色を弟子の三代目三遊亭円生に譲って素咄に転じたことから、以降は素咄として演じられ、伝えられていったと考えられる。

一方、現代において活字として流通している「真景累ヶ淵」は、明治二十〈一八八七〉年九月九日から翌年の三月一日にかけて『やまと新聞』に掲載された小相英太郎《こあいえいたろう》と酒井《さかい》昇造《しょうぞう》による速記に基づいている。『やまと新聞』の社主だった戯作者の条野《じょうの》採菊《さいぎく》（山々亭《さんさんてい》有人《ありんど》）の子で、小説の挿絵画家として知られている鏑木《かぶらき》清方《きよかた》の回想『こしかたの記』（昭和三十六〈一九六一〉年）にしたがえば、実際に高座にかけられたものを記録したわけではなく、速記を行うために特別に演じられたものだったと考えるべきであろう。

このような経緯をたどった「累ヶ淵後日の怪談」が「真景累ヶ淵」と呼ばれるようになったのは、三遊亭一朝「円朝の死」（同好史談会『漫談明治初年』、昭和二〈一九二七〉年）で、円朝の友人だった漢学者の信夫恕軒《しのぶじょけん》と条野採菊による発案だったとされている。明治初期に幽霊を見ることを「神経病」の一種だとする考え方が広く流通しており、「神経」と「真景」とを掛けた洒落として、「真景累ヶ淵」の演題が付けられたというものである。

ここで指摘された幽霊を見ることを「神経病」の症状の一つだとする考え方がどのように流通したのかは、はっきりとわかっていなかった。一般的には、アレクサンダー・ベインの心理学の教科書を翻訳して明治十五〈一八八二〉年に刊行された井上哲次郎《いのうえてつじろう》抄訳『倍因《ベイン》氏／心理新説』が種であると指摘されることが多い。この時代の心理学は、生理的、身体的な働きによって人間の「心理」を考えていくというものであり、たしかにベインはこのときに「神経」の働きについての解説している。

しかし、『倍因氏／心理新説』には、幽霊を見ることを「神経病」だと明確に記した記述がない。この他に『真景累ヶ淵』の発想と関わりがあるとされてきたのは、明治一三年に新富座で初演された河竹黙阿弥《かわたけもくあみ》作の歌舞伎『木間星箱根鹿笛《このまのほしはこねのしかぶえ》』が、当時「神経病の二番目」と称されていたことである。江戸後期から明治期にかけての歌舞伎では、興行の最初の演目（一番目）に時代物、次の演目（二番目）に現代劇（世話物）を演じることが通例になっていた。「二番目」というのは、このことを指している。一方で「神経病」と呼ばれたのは第四幕、岩淵九郎兵衛《いわぶちくろべえ》が殺した女房の幽霊に苦しめられるという場面があり、それを作中で「神経病」と呼んでいたことに由来している。

この時期の資料を調べていくと、幽霊を見ることを「神経病」だとするのは、これまでに挙げたような明治十年代の発想ではないことがわかる。明治期において最初にこの考え方を示したのは、おそらくヘンリー・ハーツホンの医学書を翻訳した桑田衡平講述『華氏／内科摘要』（明治五〈一八七二〉～八〈一八七五〉年）だと思われる。

ヘンリー・ハーツホンは、女子英学塾（現在の津田塾大学）を設立した津田梅子《つだうめこ》の親友だったアナ・C・ハーツホンの父親であり、その著作は明治初期の知識人に非常によく読まれたものだった。その結果、明治八年から九年にかけては新聞各紙で幽霊を見ることを「神経病」だとする記事が掲載され、かなり広く流通していた考え方だったようである。

特に、三遊亭円朝と関わりの深い戯作者の仮名垣魯文《かながきろぶん》が社主をしていた『仮名読新聞』の明治九年十二月十三日の記事にこの発想が見られることから、円朝がかなり早い段階で幽霊を見ることを「神経病」だとする考え方を知っていたという可能性も想定するべきであろう。また、円朝は速記本『真景累ヶ淵』のマクラで「今日《こんにち》より怪談《くわいだん》のお話《はな》しを申上升《もうしあげます》るが怪談話《くわいだんはな》しと申すは近来《きんらい》大《おほ》きに廃《すた》りまして余《あま》り寄席《よせ》で致《いた》す者も御坐《ござ》いませんと申すものは幽霊《いうれい》と云《い》ふものは無《な》い全《まった》く神経病《しんけいびやう》だと云《い》ふ事に成《な》りましたから怪談《くわいだん》は開化先生方《かいくわせんせいかた》はお嫌《きら》ひ成被事《なさること》で御坐《ござ》い升」と述べている。落語のマクラが世相を反映するものだと考えれば、この語りは明治八年から九年にかけての時期にすでに成立していたと考えるのが妥当であろう。

また、「神経」との掛詞《かけことば》になっている「真景」は、山水画の用語であることが従来から指摘されている他、十八世紀半ばに清国で書かれた小説、曹雪芹《そうせっきん》・高鶚《こうがく》『紅楼夢』にも用例が見られる。ここでは人間の本当の心という程度の意味で使われていることから、「神経」を「真景」と重ねたのは、幽霊を「神経病」の一つだと考えてしまうような近代的なものの見方などよりももっと重要なことは人間の本当の心を姿を見て取ることであり、それをやっているのがまさに『真景累ヶ淵』であるという矜持が含まれていると読むことができる。

執念の物語

それでは、『真景累ヶ淵』で描き出された、人間の本当の心とは、何だったのだろうか。現在速記として残っている『真景累ヶ淵』は、大きく前半部分と後半部分とにわかれている。

前半部分は、旗本の深見《ふかみ》新左衛門《しんざえもん》が高利貸しをしていた皆川宗悦《みながわそうえつ》を斬り殺してしまったことをきっかけに生じた、新左衛門の長男である新五郎《しんごろう》と宗悦の娘であるお園《その》、新左衛門の次男新吉《しんきち》とお園の姉豊志賀《とよしが》（お志賀）との関係を中心とした因縁譚が展開される。

後半は、名主となった惣次郎《そうじろう》が山倉富五郎《やまくらとみごろう》の手引きによって殺されたことにはじまり、弟の惣吉《そうきち》が仇討《あだう》ちを達成して名主惣右衛門を襲名するまでを描いた物語となっている。

　前半で怪談噺を、後半で仇討ちの物語を展開するという構成になっているのは、「仇討物」が幕末から明治初期にかけて流行していたことに要因がある。

『真景累ヶ淵』のような長篇の落語などを演じるときには、毎日少しずつの場面を細切れに演じていくことになるため、全体としての物語がなんとか終局を迎えるように構成しなければならない。このとき、仇討ちの物語をサイドストーリーとして強引に組み込むことで、それが達成されることをもって「大団円」とし、それを物語の末尾とするという方法がしばしば採用されていた。

「真景累ヶ淵」も、その例に漏れていなかったのであり、その意味では「累物」の怪談であると同時に、「仇討物」の物語でもあるというのが、「真景累ヶ淵」の実態である。

　しかし、こうした「仇討物」の流行は、あくまで、幕末から明治にかけてのものだった。

　例えば桂歌丸《かつらうたまる》が『真景累ヶ淵』を通しで演じた『怪談／真景累ヶ淵』は、「宗悦殺し」「深見新五郎」「豊志賀の死」「勘蔵《かんぞう》の死」「お累《るい》の自害」「湯灌場から聖天山」「お熊《くま》の懺悔」の七回で構成されていた。しかし、本書の監修を担当した古今亭菊之丞《ここんていきくのじょう》をはじめ、五街道雲助《ごかいどうくもすけ》や柳家喬太郎《きょうたろう》、隅田川馬石《すみだがわばせき》ほか、六代目神田伯山《かんだはくざん》による講談など、現代において『真景累ヶ淵』が高座にかけられるときにはどうしても「宗悦殺し」や「豊志賀の死」が演じられることが多くなり、後半の仇討ちの部分が演じられることはきわめて稀になっている。時代の流れとともに、「仇討物」の物語がなかなか聴衆に受け入れられにくくなっているのに対して、怪談の物語のほうには時代を経ても通じるような超越性、普遍性が含まれており、だからこそ現代の聴衆にも響きやすいのだろう。

一方で、奥山景布子『小説　真景累ヶ淵』を第一巻とする古典落語小説集ともいえる本シリーズでは、現代ではなかなか通しで聴くことのできない落語を時代小説という形式に書き換えることで、現代に甦らせることを目指している。その中で、速記として遺された文だけでは伝えられない部分を補うなど、現代の視点から物語を再構成することで、最後の仇討ちに至るまで盛り込むことに成功している。

落語は一つの「原作」に拘泥されるものではなく、高座にかける噺家によってさまざまに書き換えられ、演じ直されていくことにその魅力の一つがある。現代で活躍する落語家の高座はもちろん、「真景累ヶ淵」については六代目三遊亭円生、林家彦六（八代目林家正蔵）、十代目金原亭馬生《きんげんていばしょう》、古今亭志《し》ん朝《ちょう》などによる名演も音源が残っており、それぞれを聞き比べていくことで、落語の面白さ、奥深さが広がっていく。

そう考えると、小説『圓朝』で三遊亭円朝が創作に苦心するさまを描き出した作家・奥山景布子版の『真景累ヶ淵』は、落語家ではなく小説家によって「演じ直し」された、現代の新しい「落語」としても位置づけることができるだろう。

その中で語られているのは、殺されて葛籠に遺体を捨てられたにもかかわらず娘たちのところに戻ってしまった皆川宗悦、新吉が自分を見捨てたと思い込み、関わる女は七代までも憑《と》り殺すと書き遺した豊志賀の執念である。

　こうした執念の物語としての側面は原作を引き継いだものではあるが、奥山版『真景累ヶ淵』では特に、「累物」の原点であり、執念によって祟ったという累の物語が、『死霊解脱物語聞書』を装置とすることで物語全体を覆うような構成になっている。この部分をより明確にしたことが、原作との違いである。

　もともと恐ろしい幽霊として知られていた「累」の物語が、不幸な境遇によって生じた豊志賀の妄執と重なりあう。このことで、彼女による祟りが次々に新吉の周囲に及ぼされる様相と、『真景累ヶ淵』がそうした執念を生み出してしまう人間のおぞましさの物語であることが、より鮮明に描き出されている。

　このような人間のあり方を現代の視点から描き直したところこそが、奥山版『真景累ヶ淵』の真骨頂である。

（大橋　崇行）

本書は三遊亭圓朝『真景 累ヶ淵』をもとにした書き下ろしです。

●著者略歴
奥山景布子（おくやま・きょうこ）
愛知県生まれ。名古屋大学大学院文学研究科博士課程修了。文学博士。平安文学研究者、高校教諭、大学専任講師などを経て創作を始め、平成十九年に、「平家蟹異聞」で第八十七回オール讀物新人賞を受賞し、デビュー。三十年『葵の残葉』で第三十七回新田次郎文学賞。主な著書に『びいどろの火』『たらふくつるてん』『寄席品川清州亭』『圓朝』など。

●解説
大橋崇行（おおはし・たかゆき）
新潟県生まれ。東海学園大学准教授。文学博士。近現代文学研究のほか、作家としても活躍。

小《しょう》説《せつ》　真《しん》景《けい》累《かさね》ヶ《が》淵《ふち》

著者――奥山景布子
発行所――株式会社 二見書房
東京都千代田区神田三崎町二－十八－十一
電話 〇三（三五一五）二三一一［営業］
〇三（三五一五）二三一四［編集］
振替 〇〇一七〇－四－二六三九
印刷――株式会社 堀内印刷所
製本――株式会社 村上製本所

落丁・乱丁本はお取り替えいたします。
定価はカバーに表示してあります。

本作品に関するご意見、ご感想などは
〒一〇一－八四〇五
東京都千代田区神田三崎町二－十八－十一
二見書房 小説古典落語編集部 まで

ISBN978-4-576-20151-1 https://www.futami.co.jp/